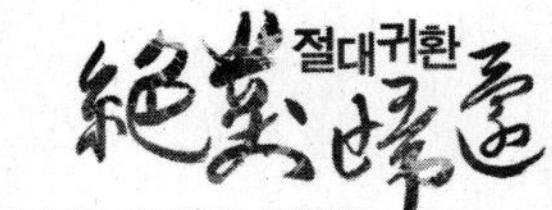

절대귀환
絶美婚逅
FANTASTIC ORIENTAL HEROES
이루성 新무협 판타지 소설

이루성 新무협 판타지 소설

절대귀환 2

이루성 新무협 판타지

초판 1쇄 찍은 날 § 2013년 3월 25일
초판 1쇄 펴낸 날 § 2013년 3월 29일

지은이 § 이루성
펴낸이 § 서경석

편집부장 § 권태완
편집책임 § 박우진
디자인 § 이혜정

펴낸곳 § 도서출판 청어람
등록번호 § 제1081-1-89호
등록일자 § 1999. 5. 31
어람번호 § 제2-2320호

주소 § 경기도 부천시 원미구 심곡2동 163-2 서경B/D 3F (우) 420-822
전화 § 032-656-4452팩스 § 032-656-4453
http://www.chungeoram.com
E-mail § chungeorambook@daum.net

ⓒ 이루성, 2013

ISBN 978-89-251-3235-8 04810
ISBN 978-89-251-3223-4 (세트)

절대귀환

絕鋒覇王

2

이루성 新무협 판타지 소설

도서출판 청어람

目次

第一章
시비

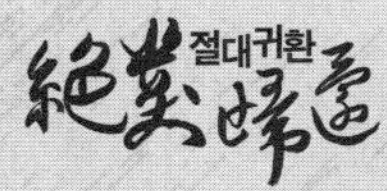

비룡회의 마지막 날 아침이 밝았다.

대부분의 사람이 남궁세가 근처에 위치한 객잔에서 하룻밤을 보냈지만 백태진 일행은 남궁세가에서 하룻밤을 보냈다.

우연찮게 오 년 전에 머물렀었던 방에서 하룻밤을 보낸 백태진은 아침부터 목욕을 했다.

어젯밤에는 밤도 깊었고, 피로했기 때문에 그냥 잠을 잤었다.

아침부터 목욕을 하고서 밖으로 나온 백태진의 얼굴에는 개운함이 묻어나 있었다.

목욕을 마친 백태진은 하룻밤을 묵은 방으로 향했다. 그곳
에는 생각지도 못한 사람이 있었다.

"아……."

방 안에 있던 사람도 등장을 예상치 못했는지 흠칫 놀란 얼
굴로 그를 바라보았다.

벌떡 일어선 그녀는 남궁설린이었다.

백태진이 빤히 남궁설린을 쳐다보자 남궁설린의 얼굴이
붉어지며 살짝 말을 더듬으며 말했다.

"오, 오셨네요……. 평안히 주무셨어요?"

"네, 남궁세가에서 세심하게 챙겨주신 덕분에 편안하게 잘
수 있었습니다."

"목욕하시고 오시는가 봐요?"

"네, 어젯밤에는 못해서……. 그런데 소저께선 이곳엔 어
쩐 일로 오셨습니까?"

백태진의 물음에 남궁설린은 잠시 주춤거렸다. 그리고 막
생각이라도 난 듯, 급하게 말을 꺼냈다.

"아침식사를 하시라고 모시러 왔어요. 그런데 이곳에 없으
셔서……."

"그랬군요. 기다리게 해서 죄송합니다. 귀찮으셨을 텐데
시비를 보내시지 그러셨습니까."

"귀찮다니요! 전혀 그런 생각은 들지 않았어요! 오히려 가
가를 모시러 올 수 있어서 기쁘다는 생각이……."

남궁설린은 자신의 생각을 강하게 전하고 싶은 듯 목소리가 커졌다. 하지만 곧 자신이 한 말이 부끄러웠는지 얼굴을 붉히며 기어가는 목소리로 말끝을 흐렸다.

백태진은 그런 남궁설린을 보며 손가락으로 볼을 긁적였다. 그가 어색하게 웃으며 말했다.

"감사합니다. 역시 설린 소저는 착하시군요."

"착하다니……."

"자, 어서 가시죠. 소저께서도 식사를 아직 하지 못했겠죠? 어서 가서 허기를 달래도록 하죠."

남궁설린은 백태진의 말 때문에 하려던 말이 중간에 가로막혔다. 하지만 다시 백태진에게 말을 꺼낼 용기도 들지 않았기 때문에 굳이 말하려고 하지는 않았다.

그저 미소를 지으며 먼저 밖으로 나서는 백태진의 뒤를 따라갔다.

남궁설린은 백태진의 뒤를 따라가며, 미처 하지 못했던 말을 속으로 중얼거렸다.

'저는 착한 것이 아니에요. 여자가 좋아하는 남자를 기다리는 것은 기쁜 일인 걸요…….'

그런 남궁설린의 속을 아는지 모르는지, 백태진은 그저 앞만 쳐다보며 묵묵히 걸어가고 있었다.

*　　　*　　　*

아침식사 자리에는 이미 백설화와 백해진, 남궁백이 자리하고 있었다.

"아, 형님. 오셨습니까."

"백 형, 좀 늦으셨네요."

백태진이 다가오자, 백해진과 남궁백이 아는 체를 하였다. 백태진은 백설화와도 살짝 눈인사를 주고받고 비어 있는 자리에 앉았다.

"목욕을 하느라 늦었다. 먼저 먹지 그랬어."

"에이― 백 형을 두고서 어떻게 먼저 식사를 할 수 있겠습니까. 자고로 식사는 얘기를 하면서 즐겁게 먹어야 맛있지 않습니까?"

백태진의 말에 남궁백이 능청스럽게 웃으며 말했다.

"하하, 그렇게 말해도 뭐 주지는 않을 거다."

"어라, 전 본심을 말한 것인데요. 그렇지, 해진?"

"글쎄, 나도 백이의 속은 잘 몰라서. 형님 말대로 뭔가를 숨기고 있는 것일지도 모르지."

"믿었던 친구까지 그렇게 말하다니! 역시 친구보다 형님이 먼저란 건가?"

"당연한 거 아닌가?"

백태진은 두 사람의 대화를 들으면서 피식 웃고서는 젓가락을 들었다.

곧 모든 사람이 즐겁게 식사를 시작했다.

거의 식사가 끝날 쯤, 남궁백이 넌지시 백태진에게 말을 꺼냈다.

"백 형, 그런데 오늘도 비룡회에 참석하실 거죠?"

"그럴 예정인데. 무슨 문제라도 있나?"

"문제라고 할 건 아닌데, 사실은 백 형도 오대세가의 후기 지수 모임에 모시고 갈까 해서요."

"오대세가에……?"

남궁백의 말에 백태진은 살짝 얼굴이 굳어졌다.

남궁백은 백태진의 눈치를 보면서 계속 말을 이었다.

"백 형은 고의가 아니겠지만, 어찌 됐든 백 형이나 해진이나 어제의 일로 꽤나 유명해졌어요. 그래서 어제도 제게 귀띔으로 백 형을 소개해 달라는 말이 좀 오가서……. 아, 물론 백 형이 싫다고 한다면 억지로 부탁하지는 않을게요. 그래도 저는 이 기회에 백 형도 오대세가와 친분을 가지는 것도 나쁘지는 않다고 생각해요."

"……"

남궁백의 말에 백태진은 잠시 침묵했다.

솔직히 말해서 백태진은 오대세가와 그렇게 친분을 쌓고 싶은 생각은 없었다.

물론 사람이 좋다면 사귐을 가질 수도 있겠지만, 가문만 보고서 사람을 판단하는 것이 오대세가의 특성이라면 특성이라고 말할 수 있다.

남궁세가는 그런 특성에서 좀 벗어났다고 볼 수도 있겠지만, 대부분의 무가는 그런 성향이 강하다.

특히 그중에서 으뜸인 오대세가는 더하면 더했지 약하지는 않았다.

백태진은 가문에 기대어 잘난 척하는 오대세가의 후기지수들을 보기가 싫은 것이다.

어제까지만 해도 하북팽가와 다툼이 있지 않았던가. 이번에도 문제가 없다고 보장할 수 없었다.

그래도 자신의 아버지인 백필성을 생각하면 만나지 않는 것도 저어됐다.

태백문의 위상이 드높아지기 위해서는 필연적으로 오대세가와 관련이 없지 않을 수가 없기 때문이다.

관련이 있을 것이라면, 친밀한 관계가 좋지 적대 관계가 좋을 리는 없었다.

그렇게 생각하면 이미 백태진은 하북팽가와 이미 적대 관계를 형성했다고 볼 수 있었다. 하북팽가의 소가주를 그런 꼴로 만들어 버렸으니 말이다.

백태진이 침묵하며 고민하는 기색을 보이자, 남궁백은 백태진을 조심스런 말로 꼬드기기 시작했다.

"참고로 하북팽가의 소가주인 팽기혁은 참석하지 않을 겁니다. 솔직히 그 꼴이 되었는데 태연하게 모습을 드러내는 것이 더 창피하겠죠. 아마 그의 여동생인 팽련만 참석할 듯합니다."

"…그래?"

팽기혁이 참석하지 않는다는 말에 백태진의 마음이 참석한다는 쪽으로 조금 기울여졌다.

팽기혁은 다시 만나는 것이 무섭다는 것은 아니지만, 그래도 다시 만나는 것 자체가 기분이 나빴다. 될 수 있으면 만나고 싶지 않은 사람이었다.

만약 다시 자신에게 이를 내보이면 그때는 다시 철저하게 부숴줄 뿐이다.

'그렇다면 참석하도록 할까……'

백태진은 그렇게 생각하며 백해진을 향해 물었다.

"해진아, 너는 어떻게 생각하지? 소문주로서 네 의견을 따르겠다."

백태진의 말에 남궁백의 시선도 백해진에게 향했다. 백해진을 바라보는 남궁백의 두 눈빛은 제발 승낙하라는 듯 간절하다 못해 애절해 보였다.

"저는 좋습니다. 태백문의 미래를 생각한다면 오대세가와 친분을 가질 기회를 스스로 놓는 것은 어불성설입니다."

백해진의 말에 남궁백의 얼굴에 안도의 웃음이 퍼졌다.

남궁백이 이렇게까지 좋아하는 이유는 특히나 백태진을 소개해 달라고 부탁하는 사람이 있어서였다. 그 사람은 바로 사천당가의 당성기였다.

지금까지 단 한 번도 자신에게 부탁이라고는 해본 적이 없었던 당성기가 간절한 얼굴로 백태진과 다시 만나게 해달라고 부탁을 해왔다.

남궁백은 당성기가 자신에게 의지하는 모습을 처음 봤기 때문에 어쩌다 보니 승낙해 버렸다. 혹시나 약속을 지키지 못할까 봐 마음이 조마조마했는데 일이 잘 성사되어 남궁백은 한시름을 놓았다. 그가 다른 사람에게 들키지 않을 정도로 작게 한숨을 내쉬었다.

"누님도 괜찮으시죠?"

"응, 괜찮아."

백설화의 의견도 듣고 나서야 백태진은 남궁백을 보며 말했다.

"그렇게 되었군. 아까 숨겨둔 속셈이 이거였냐?"

"하하하, 속셈이라니요. 저는 그저 백 형과 함께 있고 싶어서 권한 것뿐입니다."

"소가주가 되더니 말하는 것도 많이 늘었군. 옛날에는 참 어리바리했는데 말이야."

"어리바리라뇨, 그저 순수했던 것뿐이죠."

남궁백의 말에 백태진이 피식 웃었다.

"그럼 저는 먼저 일어나서 자리를 마련하도록 말해두겠습니다. 그럼 백 형하고 해진이하고 설화 누님과 설린 누님께서는 좀 더 식사를 즐기세요. 좀 있다가 부르도록 하겠습니다.”

“뭐야, 이제 설화 누님도 누님이라고 부르는 거냐?”

백태진의 말에 남궁백은 실실 웃으면서 말했다.

“백 형의 누님이신데 제게도 누님이죠. 이미 그렇게 불러도 된다고 허락도 받았어요. 그렇죠?”

“나는 동생이 생겨서 좋은 것 같아.”

남궁백이 백설화를 넌지시 보면서 말하자 백설화는 웃으면서 동의해 주었다.

“그렇죠? 백 형.”

“뭐, 누님께서 괜찮다면 괜찮겠지만, 너처럼 사람과 빨리 친해지는 사람은 처음 보는 것 같네.”

“그게 제 장점 아니겠습니까? 상대방이 좋은 사람이라면, 친해지는 것도 금방이죠. 해진이와 설화 누님은 그 좋은 사람에 해당된 것뿐입니다.”

남궁백의 말에 백설화와 백해진은 기분이 좋아진 듯, 입가에 미소를 짓고 있었다.

“이거, 소가주가 되더니 입에 꿀칠을 잔뜩 했군.”

“하하하, 그럼 저는 가보겠습니다.”

남궁백이 웃으면서 자리를 뜨자, 백태진은 남궁설린을 보며 말했다.

“백이가 잘 자란 것 같습니다.”

“저도 백이가 소가주가 돼서 다행이라고 생각해요.”

그렇게 대답하는 남궁설린의 두 눈에는 동생을 생각하는 누나의 다정함이 묻어 있었다.

*　　*　　*

백태진은 오대세가의 후기지수들이 모이는 자리에 먼저자리하고 있었다. 백태진뿐만이 아니라 백해진, 백설화, 남궁백과 남궁설린도 자리하고 있었다.

백태진이 먼저 한 곳에 앉자 그 왼쪽 편에 백설화가 앉았다. 그리고 백태진의 오른쪽 편에 남궁백이 앉으려고 하자 남궁백은 자신의 뒤통수가 뜨거워지는 것이 느껴졌다.

남궁백이 조심스럽게 뒤편을 보자, 남궁설린이 자신을 매섭게 노려보고 있었다. 남궁설린이 뭐라고 말은 하지 않았지만, 남궁백은 자신을 왜 노려보는지 알고 있었다.

"뭐하냐, 앉지 않을 거냐?"

남궁백이 석상처럼 굳어 있자, 백태진이 눈치없게 남궁백에게 물었다. 남궁백은 백태진의 말에 어색하게 웃으며 말했다.

"하하… 저는 잠시만 나갔다가 오겠습니다."

"나갔다 온다고? 조금 있으면 다른 세가의 사람들이 올 텐데?"

"빨리 다녀올 테니까 다른 사람들이 오면 천천히 인사 나누면서 얘기나 하십시오.”

“알겠다 빨리 다녀와라. 이 모임의 실질적인 주도자는 너니까 네가 자리하지 않으면 안 돼.”

“하하하, 알겠습니다. 그럼……”

남궁백은 웃으며 대답하고서는 도망치듯 그 자리에서 빠져나왔다. 사실 나가도 마땅히 할 것도 없었지만, 자연스럽게 남궁설린이 백태진의 옆에 자리하게 만들기 위해서 나온 것이다.

남궁백이 사라지자 남궁설린은 조심스럽게 백태진의 옆으로 다가왔다.

“저… 가가, 옆에 앉아도 괜찮을까요?”

“아, 물론이죠.”

백태진의 대답을 듣고서 남궁설린은 안도하는 얼굴로 백태진의 옆에 앉았다.

하지만 그뿐이었다. 그 뒤로 백태진은 그녀와 대화하지 않고서 그저 술을 마시거나 백해진과 대화를 나누었다.

호칭을 바꾸면서 백태진과의 거리가 좀 더 가까워진 줄 알았는데 별달리 관심이 없어 보이자, 남궁설린은 조금 속상했다.

이를 지켜보던 백설화가 보다 못해 말을 꺼내었다.

“그런데 가가라니? 두 사람, 언제 그렇게 가까워진 거야?”

“아, 어제 서로 호칭을 바꾸었습니다. 저도 설린 소저라 부르기로 했습니다.”

백태진이 짧게 대답했다. 이 얘기를 그 이상 이어 나갈 생각이 없어 보였다.

하지만 백설화는 그 정도로 그를 놓아주지 않았다. 어떻게 든 백태진과 백설화가 서로 대화를 하게 만들기 위해서 이야기를 이어갔다.

“그런데 먼저 그렇게 부르자고 한 사람은 누구야?”

백설화의 말에 남궁설린의 얼굴이 화끈거렸다.

자신이 백태진을 향해 낭군이라고 부른 것이 기억났기 때문이다. 이렇게 호칭을 정한 것의 발단은 자신이 백태진을 낭군이라고 부른 일이었다.

여인이 먼저 그렇게 적극적으로 불렀다는 사실이 조금 부끄러웠다.

그때는 백태진과 조금이라도 가까워지고 싶었던 탓에 먼저 낭군님이라고 불렀지만, 지금 생각해 보면 부끄러운 장면이 아닐 수 없었다.

“제가 먼저 그렇게 부르자고 했습니다.”

갑자기 백태진이 불쑥 대답하자, 남궁설린은 조금 커진 눈으로 백태진을 보았다.

백태진은 그런 남궁설린을 보며 살짝 미소 지어 주었다.

남궁설린은 백태진이 고마웠다.

백태진이 먼저 나서서 대답한 것이 자신을 위해서라고 생각하니, 아까 전에 자신에게 무관심해서 들었던 속상함이 전부 눈 녹듯 사라지는 것만 같았다.

백설화도 그런 사실을 대충 알아차리고서, 자신이 더 이상 나서지 않아도 괜찮겠다고 생각하며 미소를 지었다.

그때였다. 입구 쪽이 조금 시끌벅적해지더니 곧 네 사람이 모습을 드러냈다.

제갈세가, 그리고 사천당가의 사람들이었다.

그중에서도 제일 먼저 이곳으로 들어온 당성기는 백태진을 발견하고서 씨익 웃었다.

마치 호랑이가 먹잇감을 발견하고서 짓는 웃음 같았다.

"또 만나게 되었군. 오늘은 도망치지 않겠지?"

당성기가 백태진의 두 눈을 똑바로 쳐다보며 말하자, 당문혜가 허겁지겁 옆으로 달려와 그의 팔을 두 손으로 잡으며 말했다.

"오라버니! 또 왜 그래! 오늘 백 공자님을 만나면 얌전하게 있겠다고 약속했잖아!"

"그 말은 취소다."

"남자가 한번 한 말은 끝까지 지키는 것 아니었어?"

"그것보다 나는 내 본능이 더 중요하다. 지금 내 몸에 돌고 있는 피가 저 사람을 보니 들끓고 있단 말이다."

당성기의 말에 당문혜는 자신도 이제 어쩔 도리가 없는 듯 제갈택을 보며 도움을 요청하였다.

"백 소협, 여기 당 소협은 그대에게 적대심이 있어서 이런 말을 하는 것이 아니니 오해하지 마십시오."

제갈택이 앞으로 나와 백태진을 향해 말했다. 그러자 백태진은 부드러운 얼굴로 말했다.

"그건 저도 압니다. 저도 무인이니까 당 소협을 이해할 수 있습니다. 피를 들끓게 하는 상대를 본다면 저도 당 소협과 마찬가지로 말했겠죠. 오히려 제가 당 소협의 피를 들끓게 만들었다는 사실이 기쁘군요."

백태진의 어투는 어제처럼 날카롭지 않고 부드러웠다. 제갈택은 일이 크게 벌어지지는 않을 것 같아 속으로 내심 한숨을 내쉬었다.

하지만 당성기는 어떻게 해서든 일을 크게 벌이고 싶은 듯 백태진을 향해 말했다.

"오늘만큼은 무슨 일이 있더라도 당신과 비무를 할 것이다."

당성기의 말에 제갈택은 기겁하며 다가가 속삭였다.

"당 소협! 어제 백 소협의 무위를 두 눈으로 보지 못했소? 당 소협의 실력도 막강한 것은 알지만, 백 소협에게는 당해낼 수 없다는 것을 모르겠소?"

제갈택의 말에 당성기는 실망스럽다는 눈으로 제갈택을 보며 말했다.

"제갈세가의 두뇌라고 불릴 정도의 비범함을 지녔지만, 무인으로서의 긍지는 사라져 버린 것 같군, 제갈택.”

“뭐라고……?”

“무인이라면 자신보다 강한 상대와 싸운다는 것은 기쁜 일이다. 당신처럼 피한다면, 언제까지나 당신의 실력은 그 자리에 머물 것이다. 그런데 나보고 천금 같은 기회를 내 손으로 차버리라고? 내 또래에 이 정도의 실력을 지닌 사람을 언제 다시 만날 수 있겠는가. 여기에서 그 실력을 확인하지 못하는 것만큼 후회스러운 일은 없을 것이다.”

“…….”

당성기의 말에 제갈택은 꿀 먹은 벙어리처럼 멍한 얼굴로 아무 말도 할 수 없었다.

당성기의 말대로 자신은 제갈세가의 두뇌라고 불릴 정도로 지혜롭다는 소리를 듣고 있지만, 그래서인지 무공에는 커다란 진척이 없었다.

언제부터 당성기와 같은 투지를 잃고 말았다. 무공을 배우기 시작했을 때는 나보다 강한 상대와 싸우고 싶다는 생각을 항상 가지고 있었다.

하지만 현실을 깨닫고, 상대방과 자신의 재량을 가늠할 수 있게 되자, 그런 투쟁심도 잃고 말았다.

강한 상대와 싸우고 나서야 무인은 깨달음을 얻어 더 강해질 수 있었다.

그런 기회를 자신의 입으로 당성기에게 차버리라고 말했

던 자신이 부끄러워졌다.

"…당 소협의 말이 맞소. 확실히 무인이 자신보다 강한 상대와 싸우고 얻는 깨달음은 그 어떤 영약보다 귀할지도 모르오."

제갈택이 사과와 함께 뒤로 물러섰다. 실망스럽다는 듯 제갈택을 쳐다보던 당성기의 눈빛도 거두어졌다.

당성기는 다시 한 번 백태진을 향해 말했다. 하지만 이번에는 달랐다. 당성기가 한쪽 무릎을 꿇은 것이다.

무인이 한쪽 무릎을 꿇는 행위는 자신의 자존심을 굽힌다는 뜻이다.

거기다 당성기는 쉽게 누구에게 무릎을 꿇는 사람이 아니었다.

사천당가의 소가주이면서도 자존심이 강하다고 소문난 당성기이다. 그가 무릎을 꿇자, 평소에 당성기를 잘 알고 있는 사람들은 모두 놀란 표정이었다.

특히나 당성기와 함께 자라며 어릴 적부터 자존심 강한 당성기의 모습을 가장 잘 알고 있는 당문혜가 가장 놀랐다.

"부탁이오. 나와 비무를 해주시오."

당성기가 간절한 듯이 말하였다.

모두가 놀라서 아무 말도 하지 못하고 있을 때, 당문혜는 자신의 오빠가 저렇게까지 말하는 것을 보고서 어떻게든 당성기의 소원을 이루어주고 싶었다.

당문혜도 백태진에게 다가가 간절하게 말하였다.

"부탁입니다. 제 오라버니가 무릎까지 꿇고서 간절히 부탁하는 것은 저도 처음 보았습니다. 오라버니의 소원을 들어주세요."

당문혜가 고개를 숙이며 부탁하자, 백태진은 조금 난감하다는 듯이 손가락으로 얼굴을 긁적였다.

눈앞에서 펼쳐지고 있는 장면은 백태진에게 낯선 모습이 아니었다. 되려 그리운 광경이었다.

순수하게 무에 충실한 당성기는 흡사 예전의 자신을 보는 것 같았다. 십 년간의 여행 중 백태상에게 대련을 해달라고 떼를 쓰던 자신과 말이다.

백태진도 자신보다 강한 상대와 싸우면서 많은 깨달음을 얻었다. 그리고 그가 아는 가장 강한 사람은 바로 백태상이었다.

백태진도 백태상과 대련을 하고 싶어서 언제나 백태상에게 대련을 하자고 졸라댔다.

하지만 백태상은 자신과 대련을 하려면 몇 가지 조건을 들어줘야 한다고 하며, 백태진과 쉽게 대련을 해주지 않았다.

그 조건이라는 것은 쓸데없는 잔심부름이었지만, 그렇게 해서라도 백태상과 비무를 하여 그때마다 조금씩 깨달음을 얻어 강해지던 자신에게 기뻐하던 시절이 있었다.

그렇다고 늘 백태상만 졸졸 쫓아다닌 것은 아니다. 비무란 최대한 많은 사람과 하는 것이 좋은 법이다.

백태진도 백태상 이외에도, 강호를 유람하며 자신보다 강한 상대와 비무를 했다.

상대가 싫다고 하면 진드기처럼 끝까지 따라가서 성사시킬 정도였다.

지금도 자신보다 강한 상대가 있다면 얼마든지 비무를 행할 것이다.

그런 백태진이기에, 누구보다도 당성기의 마음을 잘 이해하고 있었다.

"좋습니다. 비무를 하도록 하죠."

백태진의 말에 당성기가 벌떡 일어나 어린애마냥 웃으며 좋아했다.

당문혜도 그런 당성기를 보며 미소를 지었다.

"단, 비무는 나중입니다. 지금은 술이나 한잔씩 하면서 얘기나 하죠."

백태진에게 비무를 승낙받자 당성기는 그제야 자리에 앉았다.

다른 사람들도 모두 자리에 앉기 시작했다.

그때 잠시 자리를 비웠던 남궁백이 자리에 모습을 드러냈다.

이미 자리에 앉아 있는 당성기를 발견하자, 남궁백은 불안한 생각이 들었다.

자신이 없는 사이 당성기가 또 백태진을 도발한 것이 아닐까 하는 생각이 들어서였다.

남궁백은 조심스럽게 자리에 앉아 옆의 당문혜를 보며 속삭였다.

"당 소저, 혹시 당 형과 백 형사이에 무슨 일이 있지는 않았겠죠?"

남궁백의 말에 당문혜는 기분이 좋은 듯 웃으면서 말했다.

"어떻게 알았어요? 무슨 일이 있는지."

"무슨 일이 있었어요? 내가 이럴 줄 알았다니까. 그런데 왜 그렇게 환하게 웃으면서 대답해요?"

"호호, 남궁 공자께서 걱정할 정도의 일은 아니니까 걱정하지 마세요. 나중에 무슨 일이 일어났는지 알 수 있을 테니까요."

당문혜는 잠시 후에 펼쳐질 백태진과 당성기의 비무를 떠올리며 말한 것이지만, 남궁백이 그 사실을 알 리가 없었다.

당문혜의 말에 남궁백은 의아한 표정으로 계속 그 자리에 앉아 있을 수밖에 없었다.

확실히 당문혜의 말대로 무슨 일이 있긴 한 모양이었다. 그런데 희한하게도 백태진과 당성기의 표정이 나빠 보이지는 않았다.

아니, 심지어 당성기는 웃고 있었다.

'왜 저러지?'

　무뚝뚝함의 대명사였던 당성기의 얼굴에 시종 은은한 미소가 떠올라 있자 남궁백은 충격적일 수밖에 없었다.

　얼마나 충격적이었는지 혹시 당성기가 이상해진 것은 아닐까 걱정까지 될 정도였다.

　"당 형, 어디 아프십니까?"

　"내가? 그렇게 보이느냐?"

　"네. 계속 실실 웃으시는 것이, 허파에 바람이라도 든 것 같습니다."

　"뭐라고? 하하하, 평소 같았으면 한 대 정도는 때려야 하겠지만, 지금은 기분이 너무 좋으니 용서해 주도록 하지."

　"……?"

　당성기와의 대화에도 여전히 풀리지 않는 의문을 품고서, 남궁백은 술잔의 술을 홀짝거렸다.

　"그런데 백 소협, 어제 우연찮게 백 소협의 무위를 견식할 수가 있었소. 상당한 쾌검이던데, 아직 우리들과 나이도 비슷한데 어찌 그런 쾌검을 구사할 수가 있소?"

　제갈택이 모두가 알고 싶은 말을 대신하여 백태진에게 물어보았다.

　그러자 백태진은 여유롭게 술잔을 들면서 말했다.

　"하하, 과찬이십니다. 그런 것쯤은 어릴 적부터 조금만 연습해 오면 누구나 할 수 있습니다."

　백태진의 말에 제갈택은 속으로 기가 찼다.

'누구나 할 수 있다고? 그렇다면 나를 비롯하여 오대세가의 후기지수 중에서 그 누구도 그런 쾌검은 구사할 수가 없는 것은 어떻게 설명하면 좋을지 묻고 싶군.'

그렇지만 제갈택은 더 이상 꼬치꼬치 캐묻지는 않았다. 백태진이 알려주고 싶지 않아서 저렇게 말했다는 것을 알고 있었기 때문이다.

그저 백태진의 능청스런 미소를 보면서 자신도 웃을 수밖에 없었다.

"그런데 제가 백 소협의 문파가 궁금하여 조사를 좀 해보았습니다. 태백문, 제게는 생소한 이름이더군요."

제갈택의 말에 대답을 한 것은 백태진이 아니라 남궁백이었다.

"제갈 소협께서 모르시는 것도 무리는 아닙니다. 저도 할아버지께 들어서 알게 되었던 것이니까요. 태백문은 오십 년 전, 정마대전 당시에 많은 피해를 입어서 지금은 세력이 크게 반감되었지만, 그 당시에는 상당한 세력을 자랑했다고 들었습니다. 지금만 해도 태백문에는 이름만 말해도 알 수 있을 정도의 대단한 분이 게시는걸요."

"대단한 분이요?"

"네, 제갈 소협도 들어보았을 겁니다. 백태상 대협이라고."

"백태상 대협……! 백의검제 백태상 대협 말씀이십니까?"

남궁백이 고개를 끄덕이자 제갈택은 상당한 충격을 받았다.

"그분이 태백문 출신이셨습니까?"

"하하, 출신이 아니라 백 형의 친할아버지입니다. 전대 문주이기도 하고요."

제갈택은 남궁백에게 자신이 몰랐던 사실을 계속 들을 수 있었다.

제갈택뿐만이 아니라, 남궁세가를 제외한 다른 세가들의 후기지수들도 백태상의 이름은 들어보았다.

하지만 그가 태백문의 전대 문주란 사실을 몰랐다.

왜냐하면 백태상이 백의검제라는 별호를 얻은 것은 최근의 일이기 때문이다.

딱 백태진을 데리고서 강호를 유람할 때, 백태상은 언제나 즐겨 입는 흰색 옷을 걸치고서 다녔다.

그리고 강호를 들썩일 정도의 고수들과의 비무에서 언제나 쉽게 승리를 거두었다.

백태상이 먼저 하자고 한 것은 아니지만, 백태상의 실력을 알아차린 고수들이 백태상에게 가르침을 받고자 비무를 신청한 것이다.

그리고 백태상이 자신에게 도전했던 고수들을 계속 물리치다 보니 백태상에게 별호가 생겨버렸다. 그것이 백의검제이다.

그러다 보니 백태상이 태백문 출신이라는 것을 알 수 있는 사람은 없었다.

그때는 마침 태백문이 봉문을 하던 시절이기 때문에 백태상과 태백문을 연관 지을 수 있는 근거를 찾기가 힘들었다.

"백의검제의 곁에는 항상 남자아이가 따라다녔다고 하던데, 설마 그 사람이……."

"네, 접니다."

제갈택의 말에 백태진이 가볍게 대답했다.

제갈택은 그제야 백태진이 왜 이렇게 강할 수 있는지 알 수가 있었다.

백의검제의 손자라면 당연한 것이다. 거기다 백의검제와 함께 다니면서 그냥 여행만 한 것은 아닐 것이다. 백의검제의 모든 것을 백태진이 물려받았다고 할 수 있었다.

"이런 것을 물어도 괜찮을지는 모르겠지만, 현 태백문의 상황은 어떻습니까?"

제갈택의 물음에 백태진의 눈빛이 살짝 빛났다. 여기에서 뭐라고 대답하냐에 따라서 오대세가에게 태백문의 존재를 강하게 부각시킬 수 있을지 없을지가 결정될지도 모르기 때문이다.

"글쎄요, 이 대답은 저보다는 태백문의 소문주께 물어보는 것이 좋겠군요."

"네? 백 소협이 태백문의 소문주가 아니십니까?"

"저는 소문주의 그릇이 안 됩니다."

백태진의 말에 제갈택의 시선은 백태진에게서 백해진에게

로 향했다.

　'백 소협보다 어린 저 소년이 태백문의 소문주? 그렇다면 저자의 실력은 또 얼마나 대단하다는 말이지?'

　보통 강한 사람이 소문주 자리를 맡게 된다. 그것은 제갈택만이 아닌, 뭇 무인들의 관념이었다.

　지금까지 크게 존재감을 부각시키지 못했던 백해진이 소문주라는 사실을 듣고서, 제갈택의 두뇌가 활발하게 움직이기 시작했다.

　"태백문의 소문주가 공자님이십니까?"

　"예, 제가 태백문의 소문주입니다."

　갑자기 대화의 화두가 자신에게 향하자 백해진은 떨떠름하게 대답했다.

　백태진을 슬며시 보았지만, 백태진은 그저 미소를 지으며 백해진에게 눈짓했다.

　'이건 형님께서 내게 주신 기회이다. 여기서 내가 소문주로서 당당하게 대답해야 한다…….'

　생각을 마친 백해진은 침착하게 제갈택에게 말하기 시작했다.

　"현 태백문은 다시 한 번 부흥의 단계에 오르려고 하고 있습니다. 그것 때문에 저희가 이번 비룡회에 참석한 것이기도 합니다."

　"…그렇군요."

백해진의 말을 듣고서 제갈택은 머릿속이 많이 복잡해졌다.

예상했던 대답이지만, 막상 들으니 앞으로 제갈세가와 태백문의 관계를 돈독하게 해야겠다는 생각이 들었다.

처음에는 백태진의 무위만 보고서 백태진의 가문이 범상치 않다고 생각했지만, 그게 다가 아니었다.

근 십 년 사이, 강호에 큰 이정을 남긴 백의검제 백태상도 그 문파에 있다고 한다.

앞으로 제갈세가가 부흥하기 위해서는 태백문과의 관계를 돈독하게 다질 필요가 있다고 보았다.

그런 의미에서 하북팽가는 이미 틀렸다고 보아도 무방했다. 대단한 무가이긴 하지만, 제갈택의 판단으로는 요즘 하북팽가는 지는 해였다.

최근에 대단한 명성을 자랑하는 무인을 배출하지 못했을 뿐만 아니라, 현 소가주인 팽기혁의 소문도 좋지 않았다.

무위는 어느 정도 되었지만, 여색과 술을 밝히며, 머리가 나쁘다는 것은 오대세가의 사람이라면 누구나 알고 있었다.

소가주가 저런 상태여서는 하북팽가의 하락세가 상승세로 돌아서기는 힘들다는 것이 제갈택의 판단이다.

아마 다른 세가들도 모두 제갈택과 생각이 비슷할 것이다.

그렇다면 지는 해인 하북팽가보다는 떠오르는 해인 태백문과 손을 잡는 편이 더 이득이다.

태백문의 현 세력은 아직 미지수지만, 백태진만 보아도 향후에는 커다란 세력이 될 것이라는 판단이 들었다.

지금 잡지 않으면 평생 잡지 못할 것이다.

'비룡회에 참석하길 잘했군. 태백문의 존재를 알게 되었으니.'

제갈택은 비룡회에 와서 태백문의 존재를 알게 된 것만 해도 커다란 수확이 있다고 생각했다.

"앞으로 제갈세가와 태백문과의 화합을 바랍니다."

제갈택은 그렇게 말하면서 백해진에게 술병을 내밀었다.

여기에서 백해진이 제갈택의 술을 받는다면 그렇다는 것이고, 그렇지 않는다면 태백문과 친해지는 계획은 이루기 어려웠다.

다행히 제갈택의 뜻대로 백해진은 술잔을 들어서 제갈택의 술을 받았다.

"저도 본 문과 제갈세가가 깊은 교류관계를 다졌으면 좋겠다고 생각하고 있었습니다."

"흠, 그렇군요."

백해진의 말에 제갈택은 기분이 좋아진 듯 밝은 얼굴이었다.

이를 지켜보던 당문혜는 자신의 오빠인 당성기의 옆구리를 살짝 건드리며 속삭였다.

"오라버니! 오라버니도 뭐 좀 해봐! 계속 그렇게 술만 마실 거야?”

“…뭘 하라고?”

“제갈 소협이 안 보이는 거야? 벌써부터 태백문과 친해지려고 하는 것이 뻔히 보이잖아. 그런데 사천당가의 소가주라는 사람이 가만히 있으면 어쩌자는 거야.”

“저런 것은 단순히 연기일 뿐이다. 정말로 친해진다는 것은 서로 검을 나눠야 생기는 것이다. 그러니까 그렇게 초조할 필요는 없다. 거기에 나는 이미 백태진과 검을 겨눌 기회가 생겼다.”

“물론 백 공자도 강하지만 백 공자는 소문주가 아니잖아! 소문주가 아닌 사람과 검을 겨눠서 어쩌자는 거야, 소문주와 친해져야지!”

당문혜는 계속 초조한 얼굴로 말을 했지만, 당성기는 계속해서 여유로운 얼굴이었다.

“문혜야, 너는 느끼지 못하느냐?”

“…무엇을?”

“실질적으로 얘기를 주도하는 사람은 태백문의 소문주가 아니라 백태진이다. 네 말대로 태백문과 친분을 맺으려면, 나는 백태진과 친분을 맺는 것이 더 효과적이라고 생각한다.”

“그게 무슨 말이야? 당연히 소문주와 친해지는 것이 더 효과적이지.”

“태백문의 소문주도 대단한 실력인 것 같지만, 백태진에게는 미치지 못하는 것 같군. 어쨌거나 나에게 맡겨라. 나도 사천당가의 소가주다. 손가락만 빨고서 가만히 있을 생각은 없어.”

“…알았어. 그래도 백 공자와 비무를 하고 싶다고 말했을 때의 오라버니는 그저 개인적인 감정으로 말했던 거지?”

당문혜의 말에 당성기는 잠시 머뭇거렸다.

“그게 무슨 잘못이냐? 결과는 좋게 되었다. 무를 향한 나의 순수한 마음이 이런 결과를 부른 것이다.”

“언제나 변명은 잘 한다니까.”

“…….”

당문혜가 웃으면서 말하자, 당성기는 말없이 술만 홀짝였다.

‘전부 바쁘게 움직이고 있네.’

남궁백이 주변을 살피면서 생각했다. 이렇게 될 것이라고 예상은 하고 있었다.

실질적으로 방아쇠를 당긴 사람은 남궁백이었다.

남궁백이 백태상의 존재를 알리자 일제히 움직이기 시작한 것이다.

남궁백은 그런 면에서, 백태상과 친분이 있는 자신의 할아버지께 고마웠다.

남궁태가 백태상과 친분이 있던 덕분에 백태진 일행과 친분을 가질 수 있었고, 남궁설린은 백태진의 정혼자까지 되었다.

이미 친분은 충분할 정도로 쌓았기 때문에 제갈택처럼 바쁘게 움직일 필요도 없었다.

'만약 내가 제갈택의 입장이었다면, 나도 제갈택처럼 바쁘게 말하고 있었겠지.'

태백문과 친해지려고 안절부절못하는 사람들을 보고 괜히 웃음이 나왔다.

"뭘 그리 실실 웃어?"

백태진이 웃고 있는 남궁백을 보면서 말했다.

"하하, 아무것도 아니에요."

"……?"

백태진은 남궁백의 말을 이해하지 못해, 여전히 어리둥절한 표정을 짓고 있었다.

그런데 그때, 황보세가의 황보태준과 황보영이 자리에 모습을 드러냈다.

백태진이 술잔을 기울이며 황보태준을 힐끔 보았다.

"황보 소협 아니십니까."

황보태준이 나타나자, 남궁백이 일어나 그를 향해 인사를 하였다. 그러자 황보태준은 남궁백에게 가볍게 인사를 하고서는 다시 백태진을 보았다.

"당신이 백태진입니까."

"그렇습니다만?"

"소문의 사람을 직접 보니 감회가 남다르군. 팽기혁을 일격에 쓰러뜨렸다고 들었습니다.”

“…….”

묘하게 기뻐 보이는 황보태준을 향해 백태진은 말없이 가만히 있었다.

“이거 대단하십니다. 팽기혁을 일격에 쓰러뜨리는 일은 쉬운 일이 아니었을 텐데 말이죠.”

황보태준은 여전히 싱글벙글한 얼굴로 말했다.

황보태준이 이렇게 웃으며 얘기하는 이유는, 백태진이 자기 대신에 눈엣가시인 팽기혁을 묵사발로 만들어줬기 때문이다.

황보태준은 자신의 입장 탓에 팽기혁을 혼내주지 못했다.

그것을 백태진이 대신해 주었으니, 황보태준은 백태진이 예뻐 보이지 않을 수가 없었다.

황보태준이 일부러 백태진과 팽기혁의 싸움을 부추긴 것도 있었지만, 일이 이렇게나 잘 풀릴 줄은 몰랐다.

지금도 팽기혁이 백태진의 일격에 일어나지 못한다는 소식을 듣고서 기분이 아주 좋은 상태였다.

“대단한 일은 아닙니다.”

“하하하, 정말 겸손하십니다. 팽기혁을 일격에 쓰러뜨린 일은 자랑하고 다녀도 충분합니다.”

“…….”

황보태준이 여전히 백태진을 띄워줬지만, 백태진은 황보

태준의 말이 신경에 거슬렸다.

왜냐하면 백태진은 황보태준이 팽기혁에게 나쁜 감정을 지니고 있다는 것을 알고 있었고, 황보태준이 팽기혁에게 시비를 걸었던 일도 알고 있었기 때문이다.

그 사실을 알게 된 것은 남궁백에게서 들었기 때문이다.

백태진은 팽기혁이 자신에게 들이닥친 일이 누군가가 팽기혁을 부추겼기 때문이라고 생각했다.

아무리 팽기혁이 남궁설린에게 홀려 있고 대책이 없다지만, 그래도 하북팽가의 소가주이다.

그런데 팽기혁이 아무런 생각도 없이 한 번 물러났던 상대에게 다시 도전할 이유는 누군가가 부추겼거나 믿는 구석이 있다는 이야기였다.

백태진은 혹시나 싶어서 남궁백에게 그와 관련된 것을 물어보았다.

백태진의 예상은 적중했다.

남궁백은 백태진에게 황보태준과 팽기혁이 다툼이 있었다는 사실과, 더불어 팽기혁이 황보태준의 여동생인 황보영과의 혼담을 깨뜨린 것도 얘기해 주었다.

백태진은 그 얘기를 듣고서 황보태준이 자신을 이용했다는 것을 알아차렸다.

팽기혁은 원래부터 마음에 드는 상대는 아니지만, 그래도 황보태준에게 이용당했다는 사실을 알게 되자 그리 곱게 보이지는 않았다.

"일단 자리에 앉으시죠."

백태진의 눈치를 살짝 보면서 남궁백이 두 사람에게 말했다.

황보태준은 여전히 백태진이 자신을 곱게 여기지 않는다는 사실을 깨닫지 못하고서 자리에 앉았다.

"백 소협, 만나서 반갑소. 나는 황보세가의 황보태준이오."

"…태백문의 백태진이라고 합니다."

백태진은 그 말을 끝으로, 황보태준에게는 시선을 주지 않았다.

의도적으로 백태진이 자신을 무시하는 것이 느껴지자 황보태준은 기분이 약간 상했다.

하지만 어떻게든 백태진과의 관계를 좋게 만들어보려고 웃는 얼굴로 백태진에게 말했다.

"그런데 백 소협은 어찌 그렇게 강한 것이오? 오대세가의 자손이 아닌 이상 그렇게까지 강해질 수는 없을 터. 팽기혁을 일격에 무찌른다는 것은 이미 절정에 오르셨소?"

황보태준의 말에 그곳에 있는 모든 사람이 백태진의 말에 귀를 기울였다.

모두가 백태진의 실력이 궁금했다.

강하다는 것은 알고 있었지만, 그 강함이 어느 정도의 경지에 올라 있는지는 몰랐다.

모두의 궁금증을 황보태준이 직접적으로 백태진에게 물은 것이다.

백태진은 황보태준의 말에 여유롭게 말했다.

"그때는 팽기혁이 제 실력을 발휘할 상황이 아니었습니다. 저는 그저 그가 흥분 상태일 때, 그의 빈틈을 찔렀을 뿐입니다."

백태진이 여유롭게 웃으면서 말하자 황보태준은 아무 말도 하지 못했다.

백태진이 딴청을 피운다는 것은 알고 있었지만, 그렇다고 해서 다시 되물을 수는 없는 일이다.

황보태준은 이 질문으로 백태진이 자신을 좋게 보지는 않는다는 사실을 확실히 알 수 있었다.

'내가 팽기혁과 자신을 싸우도록 부추겼다는 사실을 알아 버린 것인가?'

하지만 백태진이 그 사실을 알았다고 해도 자신에게 이런 식으로 말하자, 황보태준은 화가 나기 시작했다.

자신이 누구던가. 황보세가의 소가주가 아니던가.

백태진이 팽기혁을 쓰러뜨릴 정도의 실력을 가졌다지만, 자신에게 이런 태도를 보이는 것은 참을 수가 없었다.

자신이 좋게 말하면 알아서 좋게 들어올 줄 알았다.

하지만 백태진이 자신의 생각과는 다른 태도를 보이자, 당황스럽기도 하면서 화가 났다.

지금까지는 모든 사람이 황보태준에게 잘 보이려고 애를 썼다.

그도 그럴 것이 황보태준은 황보세가의 소가주이다.

오대세가 중에서도 한창 세력이 떠오르고 있었다.

그런 가문의 소가주, 그렇기에 대부분의 사람은 황보세가의 이름만 듣고서 알아서 기었다.

'네가 아무리 강해봤자 황보세가의 전력을 이용한다면 너는 한주먹 거리도 되지 않는다.'

황보태준은 그렇게 생각하며 다시 백태진을 보았다.

"그렇소? 듣자하니 팽기혁은 초일류라고 들었소만, 초일류인 상대를 운 좋게 이겼다?"

"그렇게 되네요."

백태진이 능청스럽게 대답하자, 황보태준은 언성을 높이며 말했다.

"나에게 불만이 있소?"

"그게 무슨 소리십니까?"

황보태준은 어제 있었던 일이 완전히 역으로 되어 자신에게 들이닥쳤지만, 그럼에도 불구하고 백태진에게 계속해서 이야기했다.

"내가 당신과 팽기혁의 싸움을 부추긴 사실이 마음에 들지 않는 것이잖소!"

"알고 있군요. 알면서 왜 물으십니까?"

“이……!”

백태진의 말에 황보태준의 얼굴이 조금 붉게 달아올랐다.

“무인이 상대를 피하고 남에게 기댄다는 것은 제가 가장 싫어하는 일입니다. 그런 사람은 벌써부터 역량이 뻔히 보이기 때문이죠.”

“지금 나에게 뭐라고 했지? 역량이 보인다고? 네가 얼마나 대단하면 황보세가의 소가주인 이 황보태준의 역량을 가늠한다는 것이냐!”

“알 수 있습니다. 굳이 제가 아니더라도 말이죠. 그렇지, 해진아?”

백태진이 갑자기 백해진에게 대답을 요구했다.

백해진은 백태진의 물음에 당황하지 않고서 담담하게 황보태준을 보며 말했다.

“그렇군요, 소가주인 이상 그 가문의 대표라는 것입니다. 그런데 그 대표가 적을 두고서 다른 사람에게 기대다니요. 그건 우두머리가 할 행동은 아니라고 생각합니다.”

백해진이 점잖게 말하자 황보태준은 더욱더 열이 받쳐 올랐다.

“팽기혁을 쓰러뜨려서 좋게 지내려고 하였지만, 스스로가 굴러들어온 복을 걷어 차버리는구나! 그렇지 않소?”

황보태준은 주위를 둘러보며 오대세가의 후기지수들을 향해 자신의 말에 호응해 줄 것을 바라듯 시선을 던졌다.

하지만 황보태준의 말에 동의를 해주는 사람은 아무도 없었다.

그에 더 열이 받친 황보태준은 제갈택을 보며 말했다.

"제갈 소협, 지혜로운 당신이라면 알 것이오. 지금 저자의 행동이 얼마나 어리석은 짓인가를."

"음……."

갑자기 화살이 자신에게 향하자, 제갈택은 곤혹스러웠다.

이 시점에서 자신이 어느 쪽의 편을 들어주는가에 따라서 앞으로 제갈세가와 두 가문의 관계가 결정될 것이다.

두 가문과 모두 친한 관계를 유지하면 좋겠지만, 명석한 제갈택도 그럴 수는 없었다.

둘 중에서 하나를 선택해야 하는 양자택일의 상황에 놓이게 된 것이다.

제갈택은 조심스럽게 두 사람을 살폈다.

황보태준은 자신을 뚫어지도록 쳐다보고 있었고, 백태진은 그와 반대로 여유로운 얼굴이었다.

마치 이 일에 자신은 무관하다는 듯이 술잔을 기울이는 백태진을 보자, 제갈택은 백태진에게 알 수 없는 두려움에 사로잡혔다.

'이런 상황에서 저렇게 여유롭게 행동하다니, 저자는 황보세가가 두렵지 않은 것인가? 저 태도가 허세인지, 그것이 아니면 정말로 뭔가가 있는 것인지……. 도저히 속을 알 수가

없군.'

결국 제갈택이 선택한 것은 백태진이었다.

오랜 세월 동안 오대세가로서 명망을 떨쳐오고 있는 황보
세가보다, 앞으로 오대세가에 버금가는 문파로 성장할지도
모른 태백문의 기세에 편승하기로 한 것이다.

제갈택이 이런 선택을 하게 된 것은 백태진의 태도도 관련
이 있었지만, 이미 남궁세가와 사천당가도 황보세가보다는
태백문 쪽으로 기울어졌다는 판단을 했기 때문이다.

다수의 의견에 따르는 것이 현명하다는 생각을 가진 제갈
택은 백태진을 옹호하기로 마음먹었다.

"황보 소협, 굴러들어온 복을 내쫓는 행위는 백 소협이 아
니라 황보 소협일 수도 있소."

제갈택의 말에 황보태준의 얼굴이 붉게 달아올랐다.

자신의 편을 들어줄 것이라고 굳게 믿었던 제갈택마저 백
태진을 옹호하고 나섰다.

'도대체 이 녀석이 뭐길래 나를 버리고 그를 선택하는 것
이지? 단순히 무력이 강한 것뿐만이 아니라, 녀석에게는 또
다른 무언가가 있다는 것인가?

황보태준은 부들부들 손을 떨며 백태진을 보았다.

여유롭게 고개를 들어 황보태준과 눈이 마주친 백태진은
웃어 보이기까지 하였다.

"그렇다는군요. 아직도 자신이 소인배라는 것을 인정하지

않으실 겁니까?"

"으……! 너는 대황보세가가 두렵지 않으냐?"

"마치 오늘이 지나면 당장에라도 황보세가의 무사들을 이
끌고 태백문에 쳐들어올 기세군요."

"그렇다! 내가 못할 줄 아느냐? 태백문 같은 중소문파는 황
보세가가 조금만 움직이면 하룻밤 사이에 사라질 수 있다!"

황보태준은 백태진에게 겁을 주려는 듯이 소리를 질렀다.

하지만 정작에 두려워하는 사람은 백태진이 아니라 황보
태준, 그 자신이었다.

전혀 흔들리지 않는 백태진의 여유로운 얼굴. 그것에 두려
움까지 느낄 정도로 내몰린 것이다.

이렇게까지 위협했으면, 이젠 알아서 백태진이 자신에게
무릎을 꿇을 것이라고 생각했다.

'자, 어서 나에게 무릎을 꿇어라! 그리고 말해라, 잘못했다
고, 제발 용서해 달라고!'

황보태준은 초조하게 백태진을 살폈다.

하지만 황보태준의 기대와는 달리 백태진은 무릎을 꿇지
않았다.

표정의 변화도 없었다.

당당하게 황보태준을 쳐다볼 뿐이었다.

"소가주에게 그 정도의 권력이 있을 줄은 모르겠지만, 사
적인 감정에 휩쓸려서 가문을 파멸로 몰아가려고 하다니 당

신을 소가주로 두고 있는 황보세가가 불쌍하군.”

“지금 뭐라고…….”

“좋습니다. 만약 당신이 정말로 황보세가의 무사들을 이끌고 태백문을 공격할 수 있다면 해보십시오. 단, 황보세가의 모든 전력을 이끌고 와야 할 겁니다. 그래도 결국 황보세가가 걷게 될 길은 파멸의 길이겠지만.”

황보태준은 백태진의 말을 듣고서 내적으로 갈등이 일어나기 시작했다.

‘지금 저 녀석이 뭐라고 지껄이는 것이지? 황보세가가 파멸의 길을 걷게 될 것이라고? 그 말은 자신의 가문이 황보세가를 압도할 전력을 가졌다는 말인가?’

백태진이 너무나도 자신있는 얼굴로 말하자, 황보태준은 백태진의 말을 믿고서 꼬리를 내려야 할지, 그것이 아니라면 더 강경하게 밀어붙여야 할지, 수많은 생각이 머릿속에 섞여 혼란스러웠다.

“그 말은, 태백문이 대황보세가를 이길 만한 전력을 가졌다고 말하는 것인가?”

“그건 당신이 판단하십시오. 하나 말할 수 있는 것은, 태백문에는 저보다 강한 사람이 무수히 존재한다는 것입니다.”

“……”

백태진의 말에 황보태준이 마른침을 삼켰다.

황보태준만이 아니라 백태진의 말 한마디 한마디에 귀

를 기울이고 있는 여러 사람의 침이 넘어가는 소리도 들렸다.

'자신보다 강한 사람이 무수히 존재한다고? 팽기혁을 한 방에 쓰러뜨릴 만한 실력, 적어도 이자는 절정 이상의 고수다. 그런데 그런 자들이 태백문에는 무수하게 있다고 말하는 것인가!'

황보태준은 도저히 백태진의 말을 믿을 수 없었다.

하지만 마음속 한구석에서는 이미 백태진의 말을 믿고 있었다.

"해진아, 돌아가면 아버지께 말씀드려야 하겠다. 지금부터 황보세가와는 척을 지게 될 것이라고."

갑작스런 백태진의 말에 황보태준은 흠칫거렸다.

백태진은 백해진에게 말하고 있었지만, 그의 말이 자신에게 향하고 있다는 것을 황보태준은 알고 있었다.

"저, 백 소협……. 내가 말이 좀 지나쳤던 것 같소."

갑자기 백태진을 향한 황보태준의 태도가 공손해졌다. 백태진에게서 느껴지는 압박감에 결국 백태진과 극단적인 관계까지 가는 것만은 막기로 했다.

"그렇습니까. 저도 말이 좀 지나쳤던 것 같습니다."

"하하하, 백 소협이 이해해 주니 감사할 따름이오. 황보세가는 태백문과 원만한 관계로 지내고 싶소, 아까는 어린 치기에 내뱉은 말이니, 부디 잊어주셨으면 좋겠소."

"그러도록 하죠. 저도 가끔 그럴 때가 있으니까요. 이해합
니다."

백태진이 웃으면서 말하자, 황보태준은 무사히 일이 넘어
간 것 같아 식은땀을 흘리며 마음속으로 안도했다.

그런데 갑자기 백태진의 눈빛이 차가워졌다. 그가 무겁게
입을 열었다.

"하지만 두 번은 없습니다. 두 번이나 같은 행동을 한다면
그것은 실수가 아니라 태백문을 향한 도전장이라고 생각할
것입니다. 물론 그때는 제가 직접……."

백태진은 그렇게 말하면서 황보태준의 목을 보았다.

황보태준은 백태진의 눈빛에 자신의 목이 잘리기라도 하
는 듯 목 언저리가 서늘해지는 것만 같았다.

"하, 하하하, 물론입니다. 두 번이나 같은 행동을 한다는
것은 실수가 아니죠. 다시는 그런 일은 없을 것입니다."

"제 말을 이해해 주시니 다행입니다."

백태진은 그렇게 말하면서 차가운 눈빛을 거두었다.

백태진이 시선을 거둠과 동시에 황보태준의 목 언저리를
붙잡고 있던 서늘함이 사라졌다.

황보태준은 마비에서 풀려난 것만 같이 깊게 호흡을 내쉬
었다.

도저히 더 이상 백태진과 한 자리에 있을 수가 없었다.

"저는 이제 이만 가봐야 하겠습니다. 모두와 만나서 유익

한 시간이었습니다. 영아, 가자."

황보태준은 그렇게 말하고서 도망치듯 자리에서 빠져나갔다. 황보영도 모든 사람에게 고개를 숙여 인사를 하고서 황보태준의 뒤를 따랐다.

문을 나가기 전 황보영은 백태진을 한 번 흘깃 쳐다보았다.

백태진이 시선을 느끼고 황보영을 쳐다보자, 황보영은 시선을 거두고서 황보태준의 뒤를 따랐다.

둘이 사라지고 한순간 팽팽했던 긴장의 끈이 풀리자, 그제야 남궁백이 입을 열었다.

"하하하, 손에 땀이 다 났습니다. 백 형도 정말 대단합니다. 황보 소협에게 한 치도 밀리지가 않다니요."

"무슨 일이 있었느냐?"

백태진이 능청스럽게 말하자, 남궁백은 헛웃음을 지으며 도저히 백태진을 따라갈 수 없다는 듯이 고개를 저었다.

"제가 잠시 못난 꼴을 보여 드린 것 같습니다. 죄송합니다. 하지만 황보태준이 저와 팽기혁의 싸움을 조장했다는 것을 알자 너무 화가 났었습니다."

백태진이 살짝 고개를 숙이며 말하자 제갈택이 기다렸다는 듯이 말했다.

"괜찮습니다. 백 소협이 아니더라도 화가 날 만한 상황이었으니까요."

“예. 뭐, 잘못한 것은 황보 소협 쪽이니까요.”

당문혜도 한마디 하자 백태진은 가볍게 웃으며 자리에서 일어났다.

“조금 분위기가 가라앉은 것 같습니다. 이 분위기를 다시 끌어올리기 위해서라도 아까 당 소협과 약속했던 것을 지금 이행하려고 합니다만…….”

백태진의 말에 당성기의 눈빛이 반짝였다. 마치 어린아이가 사탕을 보고서 눈빛을 반짝이는 것처럼.

오랫동안 기다렸던 말이 백태진의 입에서 나오자, 당성기의 전신의 피가 들끓기 시작했다.

“어떻습니까, 저는 지금 비무를 해도 상관은 없습니다만. 당 소협은……?”

“물론! 이 자리에서 해도 상관없다.”

백태진의 말이 끝나기도 전에 당성기는 자리에서 벌떡 일어나 대답했다.

당성기의 의욕적인 모습을 보고서 백태진은 피식 웃고서는 문으로 걸어 나갔다.

“백아, 남궁세가의 연무장을 하나 빌리겠다. 되도록 사람들은 출입하지 못하게 해줬으면 좋겠다.”

“아, 네.”

“이곳에 계신 분들은 원하시는 대로 하십시오. 굳이 비무를 본다고 같이 나올 필요는 없으니까요.”

하지만 백태진의 말대로 행동할 사람은 아무도 없었다.

백태진과 당성기의 비무, 이것을 구경할 기회를 놓칠 정도로 어리석은 자는 이곳에 아무도 없었다.

백태진의 말에 모두 자리에서 벌떡 일어났다. 반드시 비무를 관전하겠다는 의지가 철철 흘러넘쳤다.

"음, 모두 따라오실 생각인 것 같군. 괜찮겠습니까, 당 소협?"

"물론이다. 구경꾼이 없다면 비무의 흥은 반으로 떨어지게 마련이지."

"하하, 그렇군요."

백태진이 당성기의 말에 호탕하게 웃었다. 그리고 조금 진지해진 눈빛으로 당성기를 쳐다보았다.

"그렇다면, 가실까요."

"……."

백태진의 말에 당성기는 주먹을 꽉 쥐고서 백태진의 뒤를 따랐다.

백태진과 당성기가 걸어 나가자, 그 뒤를 다른 사람들이 줄을 지어 따라갔다.

"백아, 서두르자, 형님의 비무를 관전할 기회는 잘 없을 거야."

"그렇지. 오랜만에 백 형의 실력을 볼 수 있겠네!"

팽기혁을 쓰러뜨렸을 때도 그 자리에 없었던 남궁백은 현재 백태진의 실력에 대해서 아무것도 모르고 있었다.

백태진의 실력을 볼 수 있는 기회가 생기자, 갑자기 가슴이 두근거리기 시작했다.

"누님! 어서 가요!"

"응, 그래……."

남궁설린은 조금 걱정스런 얼굴이었다.

백태진의 실력을 믿지 못하는 것은 아니었지만, 당성기의 실력도 만만치 않다는 것을 알기 때문이다.

비무로 죽는 무인도 허다하기 때문에, 혹여나 백태진이 크게 다치기라도 한다면 자신이 검에 찔린 것만 같을 것이다.

"괜찮을 거야."

이런 남궁설린의 마음을 알고서 백설화가 다가와 남궁설린의 어깨에 손을 얹으며 말했다.

"태진이는 강하니까. 자신의 정혼자를 믿지 못하는 것은 아니겠지?"

백설화가 장난식으로 말하자, 남궁설린은 불안감이 사라짐을 느꼈다.

"믿고 있어요."

'오 년 전에 저를 구해주셨을 때보다 훨씬 강해지셨겠죠…….'

백태진을 믿겠다고 생각하자, 남궁설린의 마음속에 있는

불안감은 완전히 사라졌다.

　오 년 전에 자신을 구했을 때처럼, 언제나 당당한 자신의 정혼자가 무사히 돌아올 것이라는 굳은 믿음이 남궁설린의 마음속을 완전히 채웠다.

第二章
루지

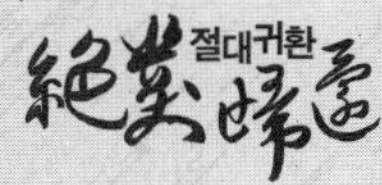

　　남궁세가의 한적한 연무장. 남궁세가에 존재하는 연무장 중에서도 그리 크지 않고, 사람들의 이목을 끌지 않기에 충분한 곳이었다.

　　되도록 백태진이 조용히 비무를 치르고 싶어 하기에, 남궁백이 최적의 장소를 마련한 것이다.

　　남궁세가의 구석진 곳에 위치한 연무장에 도착하자, 백태진은 만족스러운 듯 웃었다.

　　"조용한 곳이군. 마음에 들어."

　　백태진이 주위를 둘러보며 혼잣말로 말하자, 당성기는 피가 끓어오르는 것만 같았다.

당장에라도 백태진을 향해 달려들 것만 같았다.

당성기는 그런 마음을 억지로 참으며, 어서 빨리 비무가 시작되기를 고대했다.

"백 형, 언제든지 시작해도 좋습니다."

남궁백이 연무장의 입구까지 막고서 백태진에게 말하였다. 남궁백의 말에 백태진은 천천히 연무장의 중심으로 향했다. 당성기도 떨리는 마음을 꾹 참고서 백태진의 뒤를 따랐다.

잠시 후, 두 사람이 연무장의 중심에 마주 보고 섰다. 다른 사람들은 최대한 벽에 가깝게 자리했다.

"독은 사용하지 않겠다. 나는 내 실력을 가늠하고 싶을 뿐이니까."

"좋으실 대로."

두 사람은 아주 간단히 비무에 대한 약속을 나눴다. 그 모습을 보며 구경꾼들이 소리를 죽여 비무에 대한 추측을 하고 있었다.

"당 소협과 백 소협의 비무, 두 사람 다 만만치 않은 실력이지만, 그래도 백 소협의 실력이 당 소협보다 뛰어난 것 같군."

제갈택의 말에 제갈시영이 반박했다.

"그래도 모른다고. 암기를 사용한다면 그 실력 차는 충분히 메울 수 있다고 봐."

"그래도 당 소협은 독을 사용하지 않아. 안 그래도 밀리는 전력이 그것으로 인하여 결과가 더 분명해진 것이 아닌가.”

“오빠는 당 소협이 싸우는 것을 한 번도 보지 못해서 그런 말을 하는 거야. 나는 딱 한 번 당 소협의 암기술을 두 눈으로 직접 보았는데, 정말 그 모습이란… 암기와 신체가 정말 한 몸이 된 것만 같았어.”

제갈시영은 몇 년 전에 우연히 당성기가 암기를 던지는 것을 본 적이 있었다.

동시에 던진 암기들이 살아 있는 듯 각각 움직이며 표적을 맞추었다. 그런 실력을 보인 당성기가 자신과 같은 인간으로 느껴지지 않았다.

만약 자신이 그 표적이었다면 절대로 암기를 피할 수 없을 것만 같았다.

“직접 보면 알겠지. 이제 시작하는군.”

제갈택이 말을 꺼내는 순간이었다. 갑자기 백태진과 당성기가 있는 곳에서 파공음이 들려왔다.

그 소리에 깜짝 놀라 제갈택은 두 사람이 있는 곳을 보았다. 그러자 마치 보이지 않는 벽을 사이에 두고서 싸우고 있는 것만 같이, 두 사람이 조금 거리를 두고서 몸을 이리저리 움직이고 있었다.

당성기는 눈에 보이지도 않을 정도로 빠른 속도로 뭔가를 던지고 있었고, 백태진도 믿을 수 없는 속도로 검을 휘두르고 있었다.

제갈택은 백태진 앞에 널브러진 암기들을 보면서 당성기가 던진 암기를 백태진이 일일이 쳐 내고 있다는 것을 알 수가 있었다.

'대단하군.'

당성기는 암기를 날리면서도, 이것을 일일이 전부 막아내는 백태진을 보면서 감탄을 하지 않을 수가 없었다.

결국 백태진에게 직접적인 공격은 통하지 않는다는 것을 깨달은 당성기는 전략을 바꾸기로 하였다.

당성기는 암기를 던지는 것을 그만두고서 빠른 속도로 움직이기 시작했다. 이리저리 백태진의 주변을 움직이면서 백태진의 사각을 암기로 공격할 생각이었다.

하지만 당성기는 자신이 얼마나 잘못된 생각을 했는지 곧바로 깨달을 수가 있었다.

당성기가 암기를 던지는 것을 그만두고서 움직이기 시작하자 백태진도 따라서 움직임을 바뀌었다.

어느 정도 거리가 있었던 두 사람의 간격은 곧바로 좁혀졌다.

백태진이 설상무형보를 밟으며 순식간에 당성기의 앞에 나타났기 때문이다.

'……!'

백태진이 자신의 앞에 모습을 드러내자 당성기는 백태진의 움직임을 막기 위해서 다시 암기를 던질 수밖에 없었다.

하지만 백태진은 당성기의 암기를 검으로 쳐 내면서 곧바로 짓쳐 들어왔다.

결국 당성기는 보통의 방법으로는 백태진을 당해낼 수 없다는 사실을 깨달았다.

당성기는 백태진을 향해 암기술을 멈추었다.

그의 두 손이 품안으로 빨려 들어갔다. 다음 순간, 그의 손이 날개처럼 펼쳐졌다. 무언가가 쾌속하게 공간을 꿰뚫었다.

아홉 개의 암기, 좀 전과는 전혀 다른 움직임과 속도로 백태진에게 암기들이 쏟아졌다.

사천당가의 암기수법 중 하나인 구환살(九幻殺)이 펼쳐진 것이다.

'아홉 개의 암기 중에서 진짜는 단 하나. 나머지는 다 허상이다. 하지만 과연 그것을 구분할 수가 있을까?

당성기는 백태진이 잔상을 가려내고 진짜 암기를 고르지 못할 것이라 생각하며 자신에 찬 표정을 지었다.

구환살이 펼쳐지자 백태진은 움직임을 멈추었다.

'모두 아홉 개. 이것이 구환살인가.'

백태진은 이미 당성기가 시전한 초식이 무엇인지 알고 있었다. 그리고 그것을 막는 법도.

구환살 중 어느 것이 진짜 암기인지는 백태진도 모른다. 그러나 그는 그것을 구별할 생각이 없었다.

'피할 수 없다면 전부 쳐 내는 수밖에!'

그가 검을 두 손으로 잡고서 왼쪽으로 살짝 기울였다. 그 순간 코앞까지 구환살이 날아들었다. 당성기는 승리를 확신했다.

다음 순간, 믿을 수 없는 광경이 펼쳐졌다.

슈욱—!

백태진의 검이 허공에 그림을 그렸다. 그것과 함께 구환살을 이루는 여덟 개의 잔상이 허공에서 사라졌다.

백태진이 휘두르는 검의 기세에 밀려 구환살이 완전히 깨져 나갔다.

남은 것은 단 하나의 진짜 암기. 그 암기마저 검의 기세에 밀려 날아가, 연무장 천장에 틀어박혔다.

장내에 정적이 흘렀다.

동시에 아홉 번의 검을 휘두른 것만 같은 백태진의 움직임에 모두의 입이 다물어지지 않았다.

"…두족일할(頭足一割)인 것인가."

"두족일할?"

백해진의 중얼거림에 곁에 서 있던 당문혜가 백해진을 쳐다보았다.

당문혜는 지금까지 당성기의 구환살을 저런 식으로 막아내는 사람은 처음 보았다.

그나마 당성기의 구환살을 막아내는 사람들은 전부 잔상을 파악해 내어 진짜 암기만을 쳐 내는 방법을 사용했다.

저렇게 모든 암기를 쳐 내는 것은 무식하다고 하기 전에 불가능한 일이었다.

약 오 척 거리에 있는 아홉 개의 암기를 한 호흡 안에 검으로 일일이 쳐 낸다는 생각은 하기는 쉬워도 실행하기에는 어려웠다.

"머리와 발목을 동시에 베는 것처럼 빠르다고 해서 붙여진 연격이죠. 저도 어느 정도는 할 수 있다지만, 눈 깜박할 정도의 찰나의 순간에 아홉 번이나 검을 휘두르는 것은 역시 불가능한 일입니다."

"……."

당문혜는 다시 백태진을 쳐다보았다. 방금 전에 대단한 일을 해놓고서도, 아무렇지도 않게 서 있는 백태진을 보며 그저 감탄만 나올 뿐이었다.

당성기 또한 마찬가지였다.

"…대단하군. 설마 그 찰나의 순간에 암기들을 모두 쳐 낼 생각을 하다니."

"그쪽도 대단하군. 모든 암기가 진짜처럼 보이는 완벽한 구환살이었다."

"…그렇다면 과연 이것도 막아낼 수가 있을까."

당성기는 그렇게 말하면서 품에서 암기를 꺼내어 손에 쥐었다. 당성기의 손에 쥐어진 암기는 총 여덟 개. 손가락 사이마다 하나씩 쥔 것이다.

당성기는 그중에서 두 개의 암기를 백태진의 정면을 향해 날렸다. 그와 동시에 두 개를 더 백태진의 머리 위쪽을 향해 던졌다.

후에 던진 두 개는 도저히 백태진에게 적중할 것 같지는 않았다.

백태진은 그 두 개가 신경 쓰이면서도, 자신의 앞에 다가온 두 개의 암기를 검으로 쳐 냈다.

당성기는 백태진이 암기를 막아낼 것이라는 것을 확신하고 있는 듯, 백태진을 향해 손에 쥐어진 또 다른 암기를 날렸다.

이번에도 두 개의 암기가 백태진의 정면을 향해 날아갔다.

그리고 당성기는 차신의 손에 남은 두 개의 암기에 자신의 공력을 모조리 쏟아내었다.

전신 공력을 담은 그 두 개의 암기는 백태진이 있는 방향이 아니라, 아까 전에 백태진의 머리 위쪽으로 날린 암기가 있는 방향으로 날았다.

공력을 실은 암기는 빠른 속도로 아까 전에 던진 암기를 맹 추격했다.

그런데 기이한 일이 벌어졌다.

백태진에게 향할 것 같지 않았던, 백태진의 머리 위로 던진 암기가 공력을 최대로 실은 두 개의 암기에 부딪혀서 백태진의 머리 위쪽에서 방향을 바꾸는 것이 아닌가.

암기가 꺾인 방향에는 백태진이 서 있었다.

백태진은 동시에 네 방향에서 쏟아지는 암기를 전부 막아내야만 했다.

'이걸 전부 막아내는 것은 힘든 일이다……!'

구환살의 경우에는 한쪽 방향으로만 휘두르는 것이라 검을 빠른 속도로 휘둘러 모두 막아낼 수가 있었다.

하지만 이번의 경우에는 암기가 날아오는 방향이 달랐다.

당연히 검을 휘두르는 방향을 바꿔야만 했기에 검을 휘두르는 속도도 현저하게 느려지는 것은 당연했다.

백태진은 우선 자신의 앞쪽으로 향하는 두 개의 암기를 쳐 내고서 곧바로 몸을 틀어 나머지 두 개의 암기가 날아오는 방향을 쳐다보았다.

백태진이 몸을 틀었을 때는 이미 백태진의 머리 위쪽에서 떨어지는 두 개의 암기가 백태진의 코앞까지 다가와 있었다.

'늦었다……!'

백태진은 결국 피해를 최소로 줄이기 위해서 한 개의 암기만을 검으로 쳐 내고서 나머지 암기는 피하려고 하였다.

하지만 백태진이 쳐 내지 못했던 암기는 백태진의 왼쪽 팔을 스쳐 지나갔다.

결국 백태진의 피가 연무장의 바닥에 뚝뚝 떨어지기 시작했다.

"…형님이 당하시다니?"

백해진은 믿을 수 없었다.

아무에게도 지지 않을 것 같았던 백태진이 피를 흘리는 광경을 처음 본 것이다.

그 광경은 백해진에게 있어서 커다란 충격이었다.

"당 소협의 공격이 통했다……."

제갈택은 생각보다 훨씬 뛰어난 당성기의 실력에 감탄하고 있었다.

사천당가의 진가를, 당성기를 통해서 보는 것만 같았다.

"가가……."

남궁설린은 백태진이 피를 흘리자 무의식적으로 백태진을 향해 뛰어가려 했다.

하지만 남궁백이 남궁설린의 팔을 잡아 겨우 말렸다.

"누님! 비무 중에 함부로 끼어드는 것은 도리에 어긋나는 행동입니다."

"가가께서……! 저렇게 피를 흘리고 계시는데 가만히 있으라고?"

"스친 정도일 뿐입니다. 그리고 아직 백 형은 자신의 입으로 패배를 선언하지 않으셨어요."

"……."

남궁백의 말에 남궁설린은 다시 이성을 되찾고서 백태진을 쳐다보았다.

"…가가."

남궁설린은 져도 괜찮으니 백태진이 무사히 자신의 곁으로 돌아왔으면 좋겠다고 생각했다.

천지신명이든 귀신이든 누구라도 좋았다.

이 순간만큼은 남궁설린의 머릿속에 있는 생각은 백태진이 무사히 돌아오는 것뿐이었다.

"추혼비접(追魂飛蝶)을 그 정도의 상처로 막아내다니. 당가 사람 이외에 추혼비접을 그 정도로 막아낸 것은 네가 처음이다."

"그거 영광이군."

"자, 마지막 공격이다. 이것을 막아낸다면 내 패배를 인정하도록 하지."

"하지만 내가 그 공격을 할 때까지 가만히 있을 것 같나?"

그때였다. 백태진은 이 비무를 빠르게 끝내려는 듯 순식간에 당성기에게 다가가 검을 휘둘렀다.

백태진의 갑작스러운 공격에 허를 찔린 당성기는 허겁지겁 암기를 꺼내어 백태진에게 던졌다.

하지만 백태진은 공력이 실린 암기를 검으로 쳐 내면서 속력을 유지하며 당성기에게 달려갔다.

당성기는 결국 백태진이 자신의 코앞까지 다가오는 것을 허락하고 말았다.

그때였다. 백태진의 검이 당성기에게 빠른 속도로 내질러졌다.

열 개의 형상이 당성기의 전방을 가득 채우며 날아들었다.

당성기도 거기에 쉽게 당하진 않았다.

몸 이곳저곳이 찢기고 상처가 남았지만 그는 백태진의 검의 궤도에서 벗어났다.

크게 뛰어올라 백태진과 거리를 두었던 당성기가 바닥에 착륙했다. 당장에라도 쓰러질 듯 휘청댔다.

"크으, 대단한 검술이군……."

당성기의 찢어진 옷 사이로 피가 흘러내리며 옷을 흠뻑 적셨다. 찢어진 상처에서 고통이 따랐지만, 당성기는 웃고 있었다.

지금은 상처마저 희열로 느껴지고 있었다.

'그래, 처음부터 쉽게 상대할 수 있을 거라고는 생각하지 않았다. 이제 더 이상 움직일 수도 없을 것 같군, 이번 일격에 내 모든 것을 걸겠다.'

당성기는 모든 내력을 끌어올렸다. 백태진은 당성기에게서 느껴지는 기운이 심상치 않음을 감지하고 당성기에게 달려갔다.

"이미 늦었다!"

당성기는 외침과 동시에 눈에 보이지도 않을 정도로 손을 휘젓기 시작했다.

백태진은 암기가 날아올 것을 주의하며 앞을 경계했다.

하지만 웬일인지 암기가 날아오지 않았다. 백태진은 뭔가 이상하다는 것을 깨닫고서 주위를 살폈다.

그런데 백태진의 주변에 수많은 암기가 둥둥 떠다니고 있는 것이 아닌가. 백태진은 직감적으로 이 암기들이 전부 진짜라는 것을 알 수 있었다.

'환영 따위가 아니다! 이 수많은 암기가 동시에 내게 쏟아진다면……!'

상상도 하기 싫을 정도로 비참한 장면이 상상되었다.

멀리서 이 광경을 지켜보는 관객들의 입이 헤벌어졌다. 마치 백태진의 주변에 꽃들이 만개한 것만 같았기 때문이다.

꽃잎으로 느껴질 만큼, 암기는 영롱한 빛으로 빛나고 있었다.

"설마 저것이……."

남궁백이 두 눈을 크게 뜨며 뒷말을 잇지 못했다.

"네, 맞아요. 저것이 만천화우(滿天花雨)입니다. 아직 대성하지는 못했지만, 저 나이에 저 정도의 성취도 오라버니이기 때문에 가능한 것이죠."

"…암기수법이 아름답다고 느껴지는 것은 처음인 것 같습니다."

당문혜의 말에 백해진도 당성기의 만천화우에 감탄한 듯 흩날리는 벚꽃처럼 퍼져 있는 암기에서 눈을 떼지 못했다.

"하지만 저 꽃잎 하나하나가 전부 암기입니다. 저 꽃잎들이 지나간 자리에는 아무것도 남아 있을 수 없죠. 설사 백 공자님이라도 무사하기는 어렵습니다."

당문혜의 말에 남궁설린의 가슴이 철렁 내려앉았다.

자신이 보아도 만천화우는 대단한 무공이었다.

백태진이라도 저것들을 전부 피할 수는 없을 것만 같았다.

"믿으십시오. 형님은 반드시 무사히 돌아오실 겁니다."

"…공자님."

백해진이 남궁설린의 걱정을 알아차리고서 남궁설린에게 확고한 얼굴로 말했다.

"그래, 괜찮을 거야. 여자는 지아비를 믿고서 기다릴 줄 알아야 하는 법. 태진이를 믿고 기다릴 수 있겠지?"

"……."

백설화까지 남궁설린에게 다가와 말했다.

남궁설린은 꽃잎에 둘러싸인 백태진을 쳐다보았다.

"믿겠어요. 가가의 여자가 되겠다고 다짐한 이상, 앞으로는 가가를 믿고 기다리겠어요."

남궁설린의 대답을 들은 백설화와 백해진은 미소를 지으며 백태진을 보았다.

하지만 백설화나 백해진이나 백태진이 걱정되기는 마찬가지였다.

'…무사히 돌아오너라.'

백설화는 어느새 두 손을 꼭 쥐고 있었다.

백태진은 수많은 암기를 보면서 서둘러 이 위기를 벗어날 방법을 머릿속으로 생각하고 있었다.

'이 암기들을 일일이 쳐 낸다는 것은 불가능한 일이다. 그렇다고 피하는 것도 불가능하다. 당성기, 설마 이 정도일 줄이야……'

가볍게 비무를 받아들였다. 방심이 아니라, 지지 않을 거라는 자신감도 있었다. 하지만 당성기의 실력은 자신의 예상을 훨씬 웃돌았다.

백태진은 자리에 멈춰 서서 두 손으로 검을 꼭 쥐며 언제 달려들지 모를 암기들을 경계하고 있었다.

"자, 내 혼신을 담은 마지막 공격이다! 만천화우! 만 개의 꽃잎에 휩쓸려 온전히 그 육체가 남을 수 있을까! 네가 정말 나를 흥분시킬 정도의 남자라면 막아보아라!"

당성기는 말을 끝맺고 두 손을 크게 교차했다.

그러자 백태진의 주변에 떠다니던 수많은 암기가 일제히 백태진을 향해 달려들었다.

'이걸로 나의 승리다……!'

당성기는 만천화우로서 승리를 직감했다. 만약 백태진이 패배를 먼저 인정한다면 지금이라도 만천화우를 멈추고자 했다. 이것은 어디까지나 비무일 뿐, 상대를 죽여야 하는 생사결이 아니니까.

그런데 그때, 거센 바람이 불어왔다.

후우웅—!

'……!'

그 바람 속에 당성기가 뿌린 암기가 있었다. 암기들이 그를 스쳐 지나갔다.

당성기는 뺨에서 느껴지는 따가움에 두 눈이 커다랗게 떠졌다.

'무슨 일이……?'

그때, 또다시 거센 바람이 일어나고, 동시에 굉음이 들렸다.

쏴아아악—!

꽃잎이 휘날리고 있었다.

당성기의 손을 떠났던 꽃잎들이, 백태진을 중심으로 소용돌이를 치면서 아름답게 연무장을 수놓고 있었다.

"아……."

당성기는 자신도 모르게 그 아름다움에 넋을 잃고 말았다.

자신이 펼친 만천화우보다도 아름다운 광경. 그 광경의 중심에는 백태진이 있었다.

어느새 소용돌이치는 꽃잎이 파훼되면서 백태진이 그 모습을 완전히 드러냈다.

모습을 드러낸 백태진은 작은 생채기조차 없었다.

암기들이 바닥에 모두 떨어짐과 동시에 당성기는 자리에 털썩 주저앉았다.

"…어떻게."

어떻게 자신의 공격을 막았느냐고 물은 것이지만 당성기
는 말을 끝맺지 못했다.

커다란 충격을 받았기 때문이다.

"수많은 암기를 일일이 쳐 낸다는 것은 불가능한 일이다.
그래서 내가 선택한 것은 검풍으로 암기들을 모조리 날려 버
리는 방법이지."

"검풍으로……."

당성기는 어이가 없어서 말이 나오지가 않았다.

이런 식으로 자신의 만천화우가 막혀 버릴 줄은 생각도 해
본 적이 없었다.

만천화우를 막을 수 있는 자는 자신의 아버지를 제외하고
아무도 없을 줄 알았다.

하지만 자신과 비슷한 나이의 백태진이 그것을 막아내자
어이가 없어서 헛웃음만 나올 뿐이었다.

"질풍도양(疾風跳揚)을 저런 식으로 사용하다니, 역시나 형
님."

백해진은 백태진이 암기를 막아내는 모습을 보면서 감탄
을 금치 못했다.

질풍도양은 석중무동검의 초식 중 하나로, 몸을 회전하며
도약하여 검풍으로 적을 날려 버리는 초식이다.

다수를 상대하기에 적합한 검술이여서 비무 때는 거의 사
용하지도 않는 검술이다.

　그런데 백태진은 그런 공격술을 암기를 막아내는 데 사용하였다.

　백해진이 특히나 감탄하는 이유도 초식의 쓰임새를 자유롭게 넘나드는 백태진이 대단하게 느껴졌기 때문이다.

　진정으로 초식에 대한 이해가 없으면 이런 자유로움은 보일 수가 없었다.

　반대로 말하자면 백태진이 초식을 완전히 이해했음을 방금 전 광경으로 똑똑히 알 수 있었다.

　"…나의 패배다."

　당성기는 자리에서 일어나 백태진을 향해 말했다.

　분함은 느껴지지 않았다.

　자신의 모든 것을 쏟아냈기 때문이다.

　모든 것을 쏟아내어 오히려 개운했다.

　"좋은 비무였습니다. 저도 깨달은 바가 많았습니다."

　"그래. 그런데 좀 전에 실컷 반말로 하더니 왜 갑자기 경어를 쓰지?"

　"그건, 끓어오르는 피를 주체할 수 없어서 말도 그렇게 나왔나 봅니다."

　"끓어오르는 피를 주체할 수 없었다고? 후후, 역시 재미있는 녀석이군. 앞으로는 내게 경어를 사용하지 않아도 괜찮아. 나도 잘 사용하지 않는 편이고."

　꾸밈없는 당성기의 진솔한 모습을 보자 백태진의 입가에

미소가 지어졌다.

"그렇습니까?"

"그래, 이참에 친구라도 될까. 내가 나이가 조금 더 많은 것 같지만 상관없겠지. 마음만 맞는다면야, 한두 살이 아니라 몇십 살이 차이나도 괜찮으니 말이야."

"그럴까요? 당 소협, 아니, 성기."

"하하하, 역시 호탕한 면이 있는 녀석이었군. 마음에 들어."

아까까지만 해도 서로 검을 나누었던 두 사람은 연무장의 한가운데에서 호탕하게 웃고 있었다.

비록 서로 검을 겨눈 사이지만, 비무는 천 마디의 말보다 더욱더 그 사람에 대해서 잘 알 수 있게 해주었다.

백태진은 솔직한 면을 가진 당성기라는 사람을 알 수 있었다는 것만으로도 이번 비무를 하길 잘했다고 생각했다.

거칠던 비무가 끝이 나고, 멀찍이 구경하던 사람들이 두 사람에게 다가왔다.

"대단한 승부였습니다. 한 치도 눈을 뗄 수가 없더군요."

"오늘 두 분의 비무를 보고서 저도 많은 깨달음을 얻을 수 있었습니다."

제갈택과 제갈시영은 감탄 어린 눈빛으로 두 사람을 보면서 말했다.

"백 형이 강한 것은 짐작하고 있었지만, 당 형도 강하네요.

언제 그렇게 강해졌어요?"

남궁백이 다가와 물어보자 당성기는 피식 웃으며 대답했다.

"나는 오늘의 비무로 좀 더 강해질 것이다. 너도 좀 더 노력하지 않으면 다른 사람들에게 추월당할 거야."

당성기의 말에 남궁백은 속으로 내심 뜨끔거렸다. 요즘 무공 수련을 소홀히 한 것을 당성기에게 들킨 것만 같았기 때문이다.

그때, 백해진이 백태진에게 다가와 말했다.

"형님, 괜찮으십니까?"

"그래, 몸을 못 가눌 정도로 다치지는 않았다. 걱정하게 해서 미안하구나."

"그렇습니까. 그런데 형님, 저보다 형님을 더 걱정한 사람이 제 뒤에 있습니다."

"……?"

백해진의 말에 백태진은 의아한 얼굴로 백해진의 뒤편을 보았다.

그러자 그곳에는 남궁설린이 머뭇거리며 서 있었다.

"형님이 비무를 하시는 동안 얼마나 걱정을 했는지 아세요? 어서 가서 안심시켜 드리세요."

"……"

백해진의 말에 백태진은 머리를 긁적이며 남궁설린에게

다가갔다.

"걱정하셨습니까? 걱정 끼쳐서 미안합니다."

"…아니에요. 무사히 돌아오셔서 다행이에요."

백태진의 말에 남궁설린이 고개를 저으며 말했다.

"태진아, 설린이가 얼마나 너를 걱정했는지 알아? 미안하다고만 하지 말고 사과의 의미로 선물이라도 하나 사줘."

갑자기 백설화가 나타나 그렇게 말하자 백태진은 물론 남궁설린도 조금 당황했다.

"저는 그렇게까지는……."

"아니야, 지금도 저렇게 걱정하게 만드는데 나중에는 얼마나 걱정을 끼치겠니? 그때마다 그냥 넘어가면 네가 너무 억울하잖아. 이럴 때는 그냥 내 말대로 받아두는 것이 좋아."

"하지만……."

"지금은 나에게 맡겨둬. 태진아, 알겠지?"

백설화의 말에 백태진은 난감한 표정을 지었다. 하지만 은근히 남궁설린이 선물을 바라는 것만 같아 보이자 살짝 한숨을 쉬고서는 말했다.

"알겠습니다. 예전에 신세를 진 것도 있으니 제가 선물을 하나 해드리죠."

"아닙니다, 가가! 어떻게 선물을……."

"괜찮아요. 저도 평소에 설린 소저에게 선물을 하나 해드리고 싶었으니."

“…….”

　백태진이 그렇게까지 말하자 남궁설린은 더 이상 거절하지는 않았다.

　내심 좋아하는 것이 남궁설린의 얼굴에 드러났다.

　그때였다. 연무장에 무사 한 명이 뛰어와 백태진의 앞에 섰다.

　“백태진 공자십니까?”

　“그렇습니다만.”

　“태상가주께서 백태진 공자를 찾으십니다.”

　“…어르신이 나를?”

　갑자기 남궁태가 자신을 찾는다는 말을 듣고서 백태진은 한순간 온갖 생각이 들었다.

　“알겠습니다. 곧바로 찾아가죠.”

　백태진이 그리 말하자, 무사는 머리를 살짝 숙이며 뒤로 물러났다.

　“할아버지께서 백 형을 찾으신다고요? 갑자기 무슨 일이시지?”

　“모르겠다. 하지만 급한 일인 것 같으니, 나 먼저 가보도록 하지.”

　백태진은 남궁백에게 그렇게 말하고서 주변의 사람들을 둘러보았다.

　“오늘 이렇게 만나서 반가웠습니다. 저는 급한 일이 생겨서 먼저 가보도록 하겠습니다. 그럼…….”

　백태진은 그렇게 말하고서 연무장을 떠났다.

　“…….”

　백태진을 바라보는 남궁설린의 마음속에 또 다른 불안감
이 솟아오르기 시작했다.

第三章
의혹

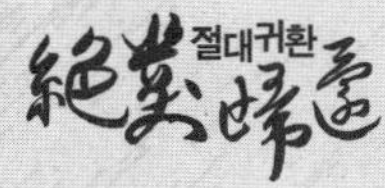

　한적한 방 안, 남궁태는 뭔가 골똘히 생각하는 듯 말없이 바닥을 내려다보고 있었다.

　남궁태의 머릿속은 백태진이 남궁태에게 전해준 서신의 내용으로 가득했다.

　남궁태가 백태진을 부른 이유도 서신에 적힌 내용 때문이었다.

　"어르신, 태진입니다."

　그때, 방문 너머로 백태진의 목소리가 들렸다.

　"그래, 들어와라."

　남궁태가 말하자 백태진이 문을 열고서 방 안으로 들어

왔다.

“저를 부르셨다고 들었습니다.”

“그래, 어서 앉아보거라.”

남궁태가 손짓으로 자신의 앞을 가리켰다. 백태진은 뭔가 서두르는 남궁태의 행동에 의문을 가지면서도 남궁태가 가리킨 자리에 앉았다.

“무슨 일이 생겼습니까?”

남궁태에게서 뭔가 좋지 않은 느낌이 든 백태진은 넌지시 남궁태에게 말했다.

“아니, 아직은…….”

“그게 무슨 말씀이십니까?”

“…이렇게 돌려 말하는 것보다 서신의 내용을 직접 말해주는 것이 좋겠군.”

“서신의 내용…….”

백태진은 자신이 가져다준 서신을 말하는 것임을 바로 알아차렸다.

“그 서신에는 이렇게 적혀 있었다. 조만간 무림에 커다란 변혁이 일어날 것이라고.”

“…할아버지께서 그렇게 말씀하신 겁니까?”

“그래, 아무래도 십 년간 강호를 돌아다니면서 그냥 놀았다는 것은 아니란 말이겠지. 농담은 좋아하지만 이런 것을 소재로 농담을 할 녀석은 아니니, 이 말은 아마 진짜라고 생각해도 무방할 것이다. 너는 같이 돌아다니면서 뭔가 들은 것은 없느냐?”

남궁태의 물음에 백태진은 골똘히 생각하다가 고개를 저으며 말했다.

“딱히 없습니다. 저도 그런 말은 지금 처음 들었습니다.”

“아무래도 알 수 없는 세력이 움직이고 있는 것 같다.”

“알 수 없는 세력? 마교를 말씀하시는 겁니까?”

“그건 나도 모른다. 네 할애비도 그 세력을 알아내지는 못한 것 같으니. 마교일 확률이 높겠지. 정마대전이 끝난 지도 벌써 오십 년이라는 시간이 지났다. 또다시 정마대전이 일어나도 이상하지는 않아.”

“……”

남궁태의 말에 백태진은 문득 생각나는 것이 있었다.

“사실은……”

백태진은 남궁태에게 남궁세가로 오는 도중 자신이 습격받았던 일을 말했다.

“습격이 있었다고?”

“네, 그들은 자신들을 스스로 마교라고 말했지만……”

“뭔가 수상쩍은 것이 있느냐?”

“아닙니다. 모든 사실은 그들이 마교라고 말하고 있습니다. 제가 싸웠던 마진이라는 자가 사용한 검법은 분명히 적마검의 적풍폐천검이었습니다. 그리고 그들이 사용하던 검진도 마교의 것이었습니다."

"…그래도 그들을 마교라고 단정 짓지 못하는 이유가 있느냐?"

"……."

딱히 증거가 있는 것은 아니다. 오히려 그들이 마교라는 것을 밝혀주는 증거가 그들이 마교가 아니라는 증거보다 훨씬 많았다.

백태진이 마음 한구석이 찜찜한 이유는 그저 의중과도 같은 것이다.

그저 백태진의 오감이 그들이 마교가 아니라고 부정하고 있는 것이다.

"최근에 마교가 움직이고 있다는 보고는 없습니까?"

"오 년 전에 그 사건 이후로는 딱히 커다란 사건은 없구나. 있다고 한다면, 십 년 전의 그 사건이겠지."

"십 년 전의 사건?"

"그게 참 이상했지."

남궁태는 오른손으로 자신의 수염을 만지작거리며 기억을 더듬는 듯했다.

"그게 사건이라고 불러도 괜찮을지 모르겠구나."

"어른신의 말씀을 알아듣지 못하겠습니다."

"음, 내가 간단하게 말해주도록 하겠다."

“…….”

백태진은 침묵하며 남궁태의 말에 귀를 기울였다.

“십 년 전에 일어났던 사건이었지. 갑자기 남궁세가에 하나의 서신이 도착했었다. 그런데 그 서신이 평범하게 전해진 것은 아니었지. 화살에 묶인 채로 기둥에 박혔으니까.”

“대남궁세가에서 그 정도의 서신으로 긴장할 것 같지는 않습니다만.”

“그래, 그런 서신은 그냥 무시하고 지나칠 수도 있었지. 하지만 서신에 적힌 내용은 결코 무시할 수 없는 것이었다.”

“…어떤 내용이었습니까?”

백태진이 긴장한 표정으로 물어보았다.

“그 서신에는 이렇게 적혀 있었다. 오늘 자정, 어떤 무리가 남궁세가를 습격할 것이라고.”

“무시할 수는 없겠군요.”

“그렇지. 그런데 그 서신을 누가 보냈는지는 모르겠지만, 그 서신에는 친절하게도 범행을 일으킬 무리가 있는 장소가 적혀 있었다.”

“…애매하군요. 만약 그 서신이 함정이라면 그 장소로 무사들을 이끌고 남궁세가를 비운 사이에 남궁세가가 습격받을 수도 있지만, 그 서신이 사실이라는 가정하에 먼저 기습을 한다면 간단하게 적을 처리할 수도 있으니까요."

"나도 그 당시에는 그렇게 생각했지. 그래서 결국 나는 남궁세가에 삼 할 정도의 전력을 남기고, 칠 할 정도의 전력을 이끌고 서신에 적힌 장소로 향하는 것을 선택했다."

"결과는 어땠죠? 역시 그 서신은 적의 함정이었습니까?"

백태진은 남궁태의 얘기가 흥미로운 듯, 결과를 예측해 보며 물어보았다.

백태진의 물음에 남궁태는 고개를 저었다.

"아니, 서신에 적힌 장소에는 정말로 적들이 있었다. 그리고 적은 역으로 기습을 당해서 쉽게 물리칠 수 있었지."

"그래도 기분이 찜찜하겠군요. 그런 서신을 누가 보냈을지……."

"그래. 이상한 것은 그것만이 아니야."

"또 뭔가가 있습니까?"

남궁태는 백태진에게 문서 하나를 내밀었다.

"이건……?"

"내가 말했었지. 오 년 전에 설린이를 납치한 녀석들이 기록문서 하나의 내용을 바꾸었다고."

"그럼, 설마 이것이……?"

"그렇다. 그 녀석들은 이 기록문서의 내용을 바꾼 것이었어."

"……."

백태진은 갑자기 머릿속이 복잡해지는 것만 같았다.

'십 년 전의 사건과 오 년 전의 사건이 무슨 연관이라도 있다는 것인가?'

백태진은 도저히 그 두 사건 사이에서의 연관성을 찾을 수 없었다.

그도 그럴 것이 백태진은 십 년 전의 사건도 직접 겪어본 것도 아니었고, 오 년 전의 사건 또한 모두 기억하는 것은 아니었다.

두 사건의 연관성을 찾기에는 정보가 너무 부족했다.

"이상하군요, 오 년 전의 무리가 그 기록문서의 내용을 변경한 것으로 본다면 두 사건이 전혀 접점이 없다고는 말할 수 없을 것 같군요. 그런데 문서의 어떤 내용을 고쳤습니까?"

"누군가의 전서로 적들의 위치를 알아냈다는 것과 그들에게서 받은 느낌을 기록한 것을 고쳐 놨더구지."

"그들에게서 받은 느낌이라니요?"

"십 년 전, 우리는 적들을 모두 몰살한 것이 아니다. 그저 그들 중 두 명만 죽이고 나머지는 격퇴시켰을 뿐."

"그것이 뭐가 이상하다는 겁니까?"

"나는 마치 적들이 계획이라도 한 듯이 도망치는 것만 같았다. 그리고 우리에게 죽임을 당한 남녀 한 쌍은 끝까지 우리에게 검을 겨누며 싸웠지. 두 사람은 부부인 것 같았어. 끝까지 서로를 지켜주면서 죽었으니, 그 장면이 인상에 남아서 아직도 기억에 생생히 남는구나."

"……."

백태진은 남궁태에게서 들었던 것을 다시 곰곰이 되새겨 보았다.

'마치 계획한 것만 같이 도망간 무리, 부부의 죽음, 범행 장소를 적은 서신, 뒤바뀐 기록…….'

하지만 아무리 생각해도 그 사건들의 접점을 찾을 수는 없었다.

"어렵군요, 도대체 그것들이 무슨 연관이 있다는 것인지 모르겠습니다."

"나도 그렇다. 결국 알 수 있는 것은 아무것도 없구나."

"그래서, 할아버지는 그 말만을 적어놓으셨습니까?"

무림에 큰 변혁이 일어날 것이라는 내용은 분명히 놀랄 만한 내용이지만, 그것만으로 남궁태가 백태진을 불렀다는 이유가 될 수는 없었다.

"내가 너를 부른 까닭은 다른 것에 있다."

"무엇입니까?"

"너는 정검삼협이라고 아느냐?"

"…모르겠습니다."

"허허, 모르는 것이 당연하겠지. 이미 오십 년도 더 된 이야기니."

백태진의 말에 남궁태가 허허 웃자 백태진은 무안한 듯 뒷머리를 긁적였다.

"잠시 옛날 얘기를 하도록 하마. 오십 년 전의 정마대전 당시, 무림은 혼란스러웠고 많은 사람이 하루아침에 수없이 죽어 나갔다. 그런 난세를 하루라도 일찍 끝내기 위해서 세 명의 무인이 전쟁 속에 끼어들었지. 그 세 명은 순식간에 정파와 마교에 소문이 자자해질 정도로 압도적인 무위를 자랑하며 마인들을 베어 나갔다. 그리고 세상은 다시 평화를 되찾았지."

"…그런 사람들이 있었군요. 하지만 단지 세 명으로 정마대전을 끝내다니, 그들이 얼마나 강할지 상상이 되지를 않습니다."

"그래? 그 사람이 바로 네 눈앞에 있다고 말해도 상상이 되지를 않느냐?"

"눈앞에… 네?"

남궁태의 말에 백태진은 깜짝 놀란 듯, 아무 말도 하지 못하고 남궁태를 뚫어져라 쳐다보았다.

남궁태는 그런 백태진을 보면서 그저 미소만 짓고 웃고 있었다.

"어르신께서 정검삼협이셨습니까?"

"그렇다. 내가 그 세 명 중의 한 명이지. 그리고 나머지 한 명은 누군지 아느냐?"

"…대충 상상은 갑니다만, 그래도 믿을 수가 없습니다. 평소 모습과 정검삼협으로서의 모습이 전혀 일치되지가 않아서요……."

"허허허, 그래도 네 할애비가 정검삼협인 것은 사실이다."

백태진은 자신의 생각대로 백태상이 그 세 명 중의 한 사람이라는 것을 듣자 놀랍지는 않았다.

단지 젊었을 적의 할아버지가 그런 일을 했다는 것이 신선하게 느껴졌을 뿐이다.

"그 당시의 네 할애비가 지금과 많이 다르지는 않았다. 장난기가 넘치고 진지한 면을 볼 수가 없었지."

"역시 그랬군요."

"하지만 어느 날 태상이가 폐허가 된 마을을 보고서 내게 이렇게 말했었다, 이 사람들은 왜 죽어 나가냐고. 그래서 나는 답해주었다, 이곳의 사람들은 전쟁에 휩쓸린 희생자들이라고. 그러자 태상이는 내게 또 이렇게 물었다, 그럼 또 이렇게 죄 없는 사람들이 전쟁의 희생양으로 죽을까라고. 그래서 나는 또 대답해 주었다, 전쟁이 끝나지 않는 이상, 희생자는 계속해서 생겨날 것이라고."

"……."

"그러자 태상이는 내게 진지한 얼굴로 말했다. 평소에 장난기가 넘치던 그 태상이가 말이다. 그 한마디가 내 마음을 움직였지.”

“…뭐라고 말하셨죠?”

백태상의 옛날이야기를 듣자 백태진의 목소리는 조금씩 떨렸다.

“내가 전쟁을 끝내겠다. 참 당돌한 말이지. 그것이 쉽다면 왜 전쟁이 끝나지 않겠느냐. 그래도 그때는 태상이의 그 말이 너무나도 내 가슴에 와 닿았어. 태상이라면 정말로 그 일을 해낼 것만 같았지. 그래서 나도 모르게 태상이와 같은 길을 걷게 된 거야. 그렇게 우리는 싸우면서 강해져 갔고, 후에는 우리와 뜻이 같은 한 명의 여인을 만났지. 그렇게 세 명이 모여서 정검삼협이 된 것이다.”

“그런 일이 있었군요, 저는 할아버지의 옛일을 알지 못했습니다. 할아버지에게 그런 면이 있었다니…….”

백태진은 지금까지 알지 못했던 백태상의 또 다른 면을 남궁태에게 듣자 가슴이 뜨거워지는 것만 같았다.

백태상이 마음속에 가지고 있던 의협심은 고스란히 이어져 내려와 백태진의 마음속에도 남아 있었다.

만약 무림에 무슨 일이 일어난다면, 오십 년 전의 자신의 할아버지가 그것을 막아낸 것과 같이 자신도 평화를 위해 싸울 것이라 다짐했다.

“그래서 말이다. 이제부터가 본론이다만. 태진아, 너는 정검삼협의 유일한 홍일점인 유세홍을 이곳으로 데리고 와야겠다."

"네? 그게 무슨 말이십니까?"

"무림에 재차 난세가 펼쳐지려고 하고 있다. 아무래도 태상이는 정검삼협이 다시 모여서 이에 대해서 의논하기를 원하는 것 같구나."

"…그분은 어디에 계십니까?"

"만고산이라는 곳에 있다만……."

갑자기 남궁태가 백태진의 눈길을 피하면서 말했다. 백태진은 뭔가 불안해지기 시작했다.

"만고산이 어디에 있는 곳이죠?"

"…서장에 있다."

"서장……!"

서장이라는 말에 백태진은 한순간 머리가 새하얗게 되는 것만 같았다.

서장이라 하면 남궁세가가 있는 안휘와는 완전히 반대 방향에 있는 지역으로, 걸어가면 족히 세 달, 말을 타고 가도 보름은 넘게 걸리는 곳이다. 즉, 상당히 먼 곳이다.

잠시나마 백태상의 새로운 면모를 보고서 감동을 했었던 백태진은 서장에 가라는 말에 그 감동이 싹 사라지는 듯했다.

"먼 곳이다만, 가줄 수 있겠느냐? 상당히 중요한 문제라 다른 사람은 보낼 수 없겠구나."

"…알겠습니다."

남궁태가 이렇게까지 부탁하는데 거절을 할 수도 없었다. 백태진은 집으로 돌아가지 못하고 또다시 험난한 여정을 하게 될 것이라 생각하자 한숨이 나올 것만 같았다.

"되도록이면 빨리 출발해 줬으면 좋겠구나. 한시가 급한 일이니 말이다."

"그럼 당장 내일 출발하겠습니다. 그런데 설화 누님과 해진이를 본문으로 돌려보내야 하는데……."

"남궁세가에서 호위를 붙여 무사히 돌려보내겠다. 두 사람은 염려하지 말거라."

"그렇군요, 그럼 저는 이만 일어나 보겠습니다. 앞으로의 여정에 대비해서 짐이라도 싸놔야 하니까요."

"그래, 부탁한다."

백태진은 자리에서 일어나 방문으로 향했다. 방을 나가며 백태진은 자신도 모르게 작게 한숨을 내쉬었다.

'앞으로… 힘들겠네.'

백태진은 이상하리만큼, 인생이 자신의 뜻대로 되지 않는 것만 같다는 생각이 들었다.

＊　　　＊　　　＊

백태진은 방으로 돌아와 내일부터의 여정을 위해서 필요한 것을 챙기고 있었다.

“여비는 남궁세가에서 준다고 했고, 벽곡단과 물, 그리고 의복만 챙기면 괜찮겠지. 말도 준비해 준다고 했고.”

그때였다. 갑자기 방문이 열리면서 누군가가 방으로 들어왔다.

방으로 들어온 사람은 백해진이었다.

백해진의 얼굴에는 당황한 기색이 역력했다.

“형님, 내일부터 서장으로 떠나신다는 것이 사실입니까?”

“그래, 사정이 생겨서 잠시 그쪽으로 다녀오게 되었다. 너와 설화 누님은 남궁세가에서 집으로 돌려보내 준다고 했으니 안심하거라.”

“제가 걱정하는 것은 그런 것이 아닙니다. 형님, 다시 돌아오시는 거겠죠?”

“……”

백해진의 말에 백태진은 잠시 말이 나오지 않았다. 백해진이 걱정하는 것이 무엇인지 백태진도 알 것만 같았다.

십 년 전에 돌연히 사라져 버린 것처럼, 이번에도 백태진이 그렇게 떠나갈 것이 아닌가 하는 생각을 하는 것이다.

백태진은 백해진을 향해 부드럽게 웃으며 백해진의 머리 위에 손을 얹었다.

“걱정하지 말거라. 곧 돌아올 테니.”

백태진은 그렇게 말하면서 어린애 다루듯이 백해진의 머

리를 쓰다듬었다.

백해진은 백태진이 자신을 어린애 취급해도 기분이 나쁘지는 않았다.

오히려 편안한 느낌이 들었다.

백태진의 말에 안심이 된 백해진의 얼굴은 어느 정도 평온을 되찾았다.

"남궁세가에서 호위를 해준다지만, 설화 누님을 지키는 것은 너다. 내가 없더라도 잘해낼 수 있겠지?"

"맡겨주십시오. 반드시 지켜내겠습니다."

"그래, 그 말을 들으니 나도 안심하고 떠날 수 있겠구나."

백태진은 그렇게 말하고는 묵묵히 짐을 꾸렸다.

백해진은 그런 백태진의 뒷모습을 보면서 많은 생각이 들었다.

자신은 생각도 하지 못할 정도의 책임감이 백태진의 등에 올라 있는 것만 같았다.

백태진이 짊어진 것에 비하면 자신이 짊어진 것은 아무것도 아니라는 생각이 들었다.

그때였다. 백태진은 방문 쪽에서 또 다른 기척이 느껴져 그쪽을 쳐다보았다. 그러자 그곳에는 남궁설린이 백태진을 쳐다보며 서 있었다.

그녀의 두 눈빛에는 애수가 스며들어 있었다.

“…떠나신다고 들었습니다.”

“네, 잠시 서장에 볼일이 있어서 떠나려고 합니다. 그러고 보니 설린 소저와의 약속은 당장 지키지 못할 것 같군요. 괜찮다면 제가 돌아오고 나서 약속을 지켜도 괜찮겠습니까?”

“…….”

‘제가 진짜로 원하는 것은 그런 것이 아니라 당신이 저의 곁에 있어주는 거예요.’

남궁설린은 마음속으로 생각하는 것이 그대로 입 밖으로 나올 것 같았지만, 꾹 참고서 백태진에게 미소를 지으며 말했다.

“네, 기다릴게요.”

내심 약속을 지키지 못하여 걱정했었던 백태진은 남궁설린이 괜찮은 것 같아 보이자 안심했다.

백태진은 잠시 남궁설린에게 관심을 가질 뿐, 다시 짐을 꾸리는 데 열중했다.

그런 백태진을 보자 남궁설린은 백태진이 조금 야속하게 느껴졌다.

자신이 백태진과 함께 있고 싶은 마음만큼, 백태진은 자신과 함께 있고 싶은 것 같지는 않았다.

남궁설린은 짐을 꾸리는 데 열중하는 백태진을 잠시 바라보다가 그 자리에서 벗어났다.

계속해서 백태진을 보고 있자면 가슴이 아파와서 견딜 수가 없을 것 같았기 때문이다.

그렇게 한참이나 짐을 꾸리고 나서야 백태진은 주위가 보이기 시작했다.

"응? 설린 소저는 가셨나?"

"네, 한참 전에 가셨습니다."

백태진의 물음에 백해진이 질렸다는 얼굴로 말했다.

"왜 그러냐?"

"형님, 형님은 정말……. 아닙니다. 그게 형님의 매력일 수도 있겠죠."

"……?"

백태진이 의아한 표정을 짓자, 백해진도 그 방에서 나왔다.

"왜 그러지?"

혼자서만 이유를 알지 못하는 백태진은 그냥 어깨를 으쓱하고 일찍 잠자리에 청했다.

*　　　*　　　*

다음 날 아침, 백태진은 아직 해도 제대로 뜨지 않은 시간에 말에 짐을 싣고 있었다.

비공개적으로 떠나는 여정이라 백태진을 마중 나온 사람은 남궁태와 남궁진, 그리고 백해진과 남궁백이었다.

백설화는 아직 백태진이 떠나는 사실을 알지 못했다.

백태진이 굳이 알릴 필요가 없다고 생각했기 때문이다.

"돈은 넉넉히 넣어두었다. 해줄 수 있는 것이 이런 것밖에 없구나. 넉넉히 쓰면서 최대한 편하게 가거라."

백태진은 남궁태가 넘겨준 돈주머니를 받았다.

"호의는 감사하게 받겠습니다. 그리고 너무 염려하지 마세요. 반드시 그분을 데리고 올 테니까요."

"그래, 너만 믿는다."

남궁태는 백태진을 보내는 것이 탐탁치만은 않았지만, 그래도 자신이 남궁세가를 비우는 것은 어려웠다. 그리고 백태진의 실력을 믿기 때문에 이렇게 맡기는 것이다.

"그나저나 누님은 왜 안 나오는 거야! 언제 또 백 형을 만난다고……."

남궁백이 초조한 얼굴로 투덜대듯이 말했다.

남궁백의 말에 백태진도 주변을 살폈지만 남궁설린의 모습은 보이지 않았다.

"아무래도 이별하기가 힘들어서 그런 것 같다. 오랜만에 만났는데 며칠 있다가 벌써 떠나는 것이니까. 너도 이해할 수 있겠지?"

"네, 인사를 못해서 아쉽습니다. 나중에 설린 소저를 본다면 꼭 인사를 해주십시오."

백태진은 남궁진의 말에 웃으면서 대답했지만, 그래도 마음이 석연치는 않았다.

남궁설린이 나오지 않는 이유가 자신이 약속을 미뤘기 때문이라고 생각했기 때문이다.

'어제는 괜찮아 보였는데 마음속에 담아두고 있는 것일까……'

백태진은 남궁세가의 정문을 한참이나 바라보며 생각했다. 그러나 아무리 기다려도 남궁설린이 모습을 드러낼 것 같진 않았다.

백태진은 시선을 거두고서 모두에게 말했다.

"이제 출발해야 할 것 같습니다."

"형님, 무사히 돌아오십시오."

"백 형, 돌아오면 모험담 좀 얘기해 주세요."

"뭐, 재미있을지는 모르겠지만, 원한다면 해주지."

백태진은 백해진과 남궁백에게 웃으면서 작별인사를 했다.

그리고 남궁진과 남궁태를 보며 포권을 취했다.

"그럼, 잠시 다녀오겠습니다."

"그래, 무림은 무슨 일이 벌어질지 모르니까 주의해라."

남궁진은 마치 사위를 걱정하듯 백태진을 바라보는 시선이 애틋했다.

"누가 보면 귀한 자식을 보내는 것 같구나."

남궁태가 그런 남궁진의 모습을 보면서 말하자, 남궁진은 남궁태의 말에 동의하듯이 말했다.

"당연합니다. 백 공자는 이제 우리 식구나 다름이 없는데, 그러는 것은 당연한 일이죠."

"하하하……."

남궁진의 말에 백태진은 어색하게 웃을 수밖에 없었다.

자신을 가족처럼 대해주는 것은 물론 기쁜 일이지만, 너무 김칫국부터 마시는 남궁진도 조금 부담스럽게 느껴졌다.

"뭐, 무림을 십 년이나 돌아본 너라면 잘 알 것이다, 무림이 얼마나 위험한 곳인지를. 이 녀석의 말대로 조심해라. 아무리 강한 자라도 무림에서는 어떻게 될지 모른다. 그것이 무림이란 세계다."

"명심하겠습니다."

이미 무림을 경험해 본 백태진이기 때문에 남궁태의 말이 의미심장하게 가슴속에 박혀왔다.

백태진은 마지막으로 인사를 하고서는 말에 올라탔다.

자신의 앞에 떠오르는 태양을 보면서 백태진은 깊게 심호흡을 하였다.

그리고 커다란 기합 소리와 함께 말을 발로 찼다.

"이랏!"

그러자 말은 크게 울음을 내더니 빠르게 달리기 시작했다.

순식간에 자신을 배웅하던 사람들이 뒤로 사라지자, 백태진은 더욱더 속력을 올렸다.

'앞으로 잘해야 한다. 유세홍, 과연 어떤 분이실까.'

백태진이 향하는 길 위에 축복하듯 햇빛이 비춰지고 있었다.

"후, 떠났군."

백태진이 사라지자 남궁진은 뭔가 아쉬웠다.

남궁설린이 백태진을 마중 나오지 않은 것이 안타까웠다.

"여기서 설린이가 백 공자에게 잘했어야 했는데. 이번 일로 백 공자가 설린이에게 실망한 것은 아니겠죠?"

남궁진이 남궁태에게 물어보자, 남궁태는 의미심장하게 웃었다.

"그건 모르지, 이번 일로 두 사람이 더 가까워질 수도……."

"그게 무슨 말입니까?"

"하하, 사랑에 빠진 여인이란 참 무서운 거야. 편안한 집도 떠나고 한 번도 나가보지 못했던 무림에 나간다고 하니 말이야."

"그게 무슨……. 설마!"

남궁태의 말의 의미를 깨달은 남궁진은 소스라치게 놀랐다.

"설린이가 백 공자를 쫓아갔다는 말씀이십니까!"

　　남궁진의 목소리는 남궁백과 백해진의 귀에도 들릴 정도
로 큰 목소리였다.

　　"그게 무슨 말씀이십니까? 누님께서 백 형을 쫓아갔다니
요?"

　　"음, 그런 것이었군."

　　"뭐야? 너는 알고 있다는 눈치인데?"

　　"어렴풋이는 예상하고 있었지. 아무리 그래도 형님께서 떠
나는데 나오지 않는 것은 좀 이상하잖아. 그렇게 형님을 사랑
하시는데."

　　하지만 그 말은 남궁진에게 청천벽력 같은 소리였다.

　　금지옥엽으로 키워온 자신의 딸이 살벌하기 그지없는 무
림으로 떠났다는 현실을 믿고 싶지가 않았다.

　　"아버지! 그 사실을 알고 계셨으면서도 왜 말리지 않으셨
습니까!"

　　"젊었을 때는 그냥 마음가는 대로 행동하게 놔두는 것이
다. 너도 어제 내게 찾아와 상담하던 설린이의 얼굴을 본다면
이해할 수 있을 것이다."

　　"아무리 그래도……!"

　　"태진이가 알아서 잘 해줄 것이다. 그리고 언제까지 설린
이를 감쌀 것이냐. 이제 슬슬 무림을 경험해도 좋을 나이인데
도 네가 너무 감싸는 바람에 제대로 된 경험도 해보지 못했지
않느냐."

“……알겠습니다.”

남궁설린이 걱정되기는 했지만, 그나마 백태진과 함께 있다는 사실을 위안으로 남궁진은 남궁설린을 보내주기로 하였다.

“젊은 것이 좋은 거야. 나도 옛날에 저랬으면 좋았을 것을…….”

남궁태는 그렇게 말하면서 남궁세가 안으로 들어가 버렸다.

“으, 설마 누님께서 그런 짓을 하시다니.”

남궁백이 분하다는 얼굴로 중얼거리고 있자 백해진은 의아한 얼굴로 물어보았다.

“뭐가 그렇게 분해?”

“그렇잖아! 무림을 경험해 보지 못한 것은 누님뿐만이 아니라 나도 마찬가지인걸! 바깥세상이 너무 궁금하단 말이야! 으, 지금이라도 백 형을 쫓아가 버려?”

남궁백의 말을 들은 남궁진이 소리쳤다.

“백아, 지금 뭐라고 했느냐?”

남궁진의 목소리에 담긴 위압감에 남궁백은 자신이 말실수를 했다는 것을 깨닫고서 기어가는 음성으로 말했다.

“그, 그게… 수, 수련하러 가겠습니다!”

“그래, 오늘은 오랜만에 이 아비가 네 수련을 봐주도록 하겠다.”

"굳이 그러시지 않으셔도……."

"아니다. 오늘은 내가 아침부터 단단히 수련시켜 주겠다. 알겠냐?"

"알겠습니다!"

남궁백은 거의 울 것 같이 대답했다.

그렇게 남궁진에게 끌려가는 남궁백을 보면서 백해진은 웃음이 나왔다.

"형님, 잘 다녀오십시오."

백해진도 백태진이 사라진 방향을 보면서 중얼거리고는 남궁세가 안으로 사라졌다.

*   *   *

적기욱은 어두운 복도를 걷고 있었다. 복도에는 마치 사람이 살지 않는 것처럼 싸늘한 기운이 뿜어져 나오고 있었다.

이곳은 자신의 집이기도 하면서 동시에 적기욱에게 가장 불편한 장소이기도 하였다.

전과 같았으면 이 복도를 걸어가는 걸음걸이에 망설임이 가득했겠지만, 지금은 달랐다.

적기욱의 두 눈에는 망설임은 보이지 않았다.

그렇게 계속해서 걸어간 곳에는 굳게 닫힌 문이 하나 있었다.

"들어와라."

적기욱이 아무 말도 하지 않았는데도 방 안에서는 목소리가 흘러나왔다.

적기욱은 망설임없이 문을 열었다.

그곳에는 자신의 할아버지가 언제나와 같이 술잔을 들고 달빛이 비치는 창가에 앉아 있었다.

하지만 평소와 다른 것이 있다고 한다면, 이번엔 창밖의 달이 아니라 자신을 쳐다보고 있다는 것이다.

노인의 시선은 적기욱의 두 손에 먼저 갔다.

"귀령검은 어떻게 되었지?"

"…귀령검은."

적기욱은 말을 하다 말고 갑자기 온몸을 죄여오는 압박감에 말문이 막히고 말았다.

"너의 대답 여하에 따라서 네가 어떻게 될지가 결정된다. 신중하게 대답해라."

"……."

적기욱은 위압감을 견뎌내면서 노인의 눈을 쳐다보았다.

평소와 같았으면 바로 용서해 달라고 말했겠지만, 오늘은 달랐다. 오늘이야말로 자신의 뜻을 할아버지에게 모두 말할 것이라고 다짐하는 적기욱이다.

“호, 나의 눈을 바라보다니. 백태진, 그 녀석과 만나서 무슨 변화라도 있었던 것이냐?”

“그렇습니다, 림주, 아니, 할아버지. 귀령검은 회수하지 못했습니다. 앞으로도 저는 귀령검을 회수하지 않을 것입니다.”

“…실망이 크구나.”

갑자기 적기욱은 평소보다 몇 배는 강한 위압감이 자신의 몸을 짓누르는 것이 느껴졌다.

풀썩!

결국 적기욱의 무릎이 바닥에 꿇려졌다. 하지만 적기욱은 간신히 들리는 고개를 어떻게든 움직여 노인을 쳐다보았다.

“할아버지, 저는 싫습니다. 잘못도 하지 않은 사람을 죽여야 한다는 것도. 할아버지의 야망에 동참하는 것도. 귀령검이 있어야 할아버지의 야망이 실현된다고 한다면, 저는 그것을 막아내겠습니다.”

“……”

“죄송합니다. 그래도 저는 마지막으로 남은 혈육인 할아버지만은…….”

적기욱은 결국 말을 전부 잇지 못하고서 기절하고 말았다.

노인은 기절한 채 바닥에 쓰러진 적기욱을 한참이나 바라보다가 오른손을 살짝 들었다.

그러자 어둠 속에서 한 인영이 나타났다.

"이 녀석을 뇌옥에 가두어라. 그리고 백태진, 그 녀석이 어디에 있는지 알아내라. 귀령검은 본 림의 목적을 달성하는 데 있어서 꼭 필요한 것이다."

"존명!"

인영은 적기욱을 짊어지고서 방에서 사라졌다.

"백태진, 그 녀석이 내 손자를 이렇게까지 망쳐 놓을 줄이야. 필히 제거해야 할 놈이겠군……."

파각!

노인의 중얼거림과 동시에 노인이 들고 있는 술잔이 형체도 없이 산산조각 나버렸다.

第四章
뜻밖의 동행

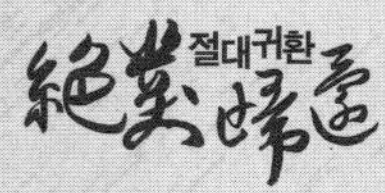

백태진이 약 세 시진가량 말을 타고서 달릴 쯤이었다.

"조금 쉴까. 조금 있으면 정오가 될 것 같은데."

백태진은 말을 멈추고 주변에 쉴 곳을 찾아보았다.

주위를 둘러보니 마침 잠시 앉기 적당한 바위가 보였다.

백태진은 근처에 말을 묶어두고 바위 위에 앉았다. 그리고 점심으로 먹으려던 주먹밥을 꺼내 들었다.

"맛있군. 남궁세가의 숙수는 주먹밥도 맛있게 만드는 것인가?"

생각보다 맛이 괜찮은 주먹밥을 한두 입 베어 먹고 물까지 마시자 백태진은 속이 든든해지는 것 같았다.

속이 차니 갑자기 졸음이 쏟아졌다. 평소보다 일찍 일어나 출발한 탓이었다.

"후움, 일찍 잔다고 일찍 잤는데도 잠이 좀 부족했던 모양이군. 할 수 없지. 여기서 조금만 눈 좀 붙이고 갈까."

백태진은 그런 생각을 하면서 바위에 누웠다.

바위는 충분히 백태진이 누울 수 있을 정도로 넓었다.

바람까지 산들거리며 불어오자 최상의 잠자리가 만들어졌다.

비록 딱딱한 돌 위지만, 백태진은 마치 제 집이라도 되는 듯 편안하게 잠이 들었다.

그렇게 몇 시진이나 잠들었을까. 백태진은 뭔가 머리 뒤쪽에서 포근하고 따뜻한 느낌이 드는 것이 느껴졌다.

그리고 좋은 향기도 나는 것 같았다.

그런 것들 때문에 기분이 좋아져 좀 더 잠을 청하려다가, 뭔가 이상한 느낌이 들어 백태진은 눈을 번쩍 떴다.

눈을 뜨자마자 보인 것은 백태진을 향해 부드럽게 미소를 짓고 있는 남궁설린의 얼굴이었다.

그 얼굴에 당혹감이 떠올랐다.

"?!"

백태진이 눈을 뜨자, 남궁설린은 당황한 듯 보였다.

백태진은 자신이 남궁설린의 무릎에 누워 있다는 것을 알아차리고서 바로 상체를 일으켰다.

"설린 소저……? 어째서 이곳에?"

백태진은 잠시 사고가 정지했다.

분명히 이 자리에는 존재하지 않아야 할 사람이 어째서 이런 곳에 있는지가 의문이었다.

그것도 오늘 아침에는 얼굴도 내보이지 않았던 남궁설린이 말이다.

"가가께서 딱딱한 바위 위에서 자는 것이 걱정돼서 그만……. 폐였나요?"

"아니, 그건 아니지만……. 오히려 편안하게 잘 수 있었습니다."

백태진의 말에 남궁설린은 안심한 듯이 활짝 웃었다. 백태진은 뭔가 이야기의 방향이 잘못되었다는 것을 깨닫고서 다시 물었다.

"그게 아니고, 어째서 이곳에 있습니까? 설린 소저는 남궁세가에 있어야 하는 것이 아닙니까?"

"아……."

백태진의 말에 남궁설린은 대답하기를 망설이는 듯했다. 하지만 백태진이 계속해서 쳐다보자 남궁설린은 할 수 없이 입을 열었다.

"사실은 가가와 함께 서장으로 가기 위해서 몰래 가가의 뒤를 쫓았어요."

"함께 간다고요……?"

이런 얘기는 남궁태에게서 듣지 못했다. 백태진은 순간적으로 납득이 되지를 않아서 말을 하지 못했다.

"안 되나요……?"

남궁설린이 불안한 듯이 물었다.

그 모습을 보면 무엇이라도 된다고 해주고 싶었지만, 이것은 중요한 일이다.

거기에 무림은 위험한 곳이다. 길거리에서 낮잠을 자는 사람이 할 말은 아니지만, 여인에겐 특히 위험한 곳이다.

남궁설린 같은 미모를 가진 여인이라면 위험부담은 더욱더 커진다.

"당연히 안 됩니다. 설린 소저, 이건 장난이 아닙니다. 어서 돌아가십시오."

백태진은 단호하게 말했다. 언제나 남궁설린을 부드럽게 대했던 백태진이지만, 이번만큼은 칼같이 단호했다.

하지만 생각지도 못한 대답이 남궁설린의 입에서 나왔다.

"싫어요."

설마 거절할지는 몰랐던 백태진은 또다시 커다란 충격을 받고서 말이 나오지가 않았다.

"저는 결심했어요. 이제 가가와는 떨어지지 않겠다고. 가가가 걱정돼서 혼자 보낼 수는 없단 말이에요."

“소저, 걱정되기는 나도 마찬가지입니다. 그리고 제 걱정은 하지 마십시오. 저는 무림을 십 년이나 경험한 몸입니다. 이제 자기 몸 하나는 추스를 수 있습니다.”

“그것과 이거는 다른 문제예요. 그렇다고 가가께서 무사하다는 보장은 어디에도 없잖아요.”

남궁설린의 말이 틀린 말은 아니었다. 무림을 몇 년 동안 경험했다는 것은 그다지 중요한 문제가 아니다. 가령 오십 년의 인생을 무림에서 보낸 고수라고 해도, 한 번의 실수로 목숨을 잃을 수 있는 것이 무림이다.

남궁설린은 그 핵심을 잘 파고들었다. 백태진이 남궁설린의 말에 반박할 수 없는 것은 바로 그런 이유이기 때문이다.

“그건 그렇지만…….”

“그러니까 저도 함께 가겠어요. 혼자서 다니는 것보다는 둘이서 다니는 것이 더 안전하잖아요?”

“…….”

백태진은 이게 아닌데(?)라는 얼굴이었다. 남궁설린을 설득하여 돌려보낸다는 것이, 이제는 도리어 자신이 설득당하고 있었다.

“그래도 설린 소저를 위험에 빠뜨릴 수는 없습니다. 남궁태 어르신이나 가주께서도 걱정하고 계실 텐데, 이렇게 멋대로 빠져나와도 괜찮은 겁니까?”

　남궁태나 남궁진의 얘기가 나오자, 남궁설린은 처음으로 주춤했다.

　백태진은 남궁설린이 주춤하자 기세를 몰아서 설득했다.

　"저는 설린 소저가 저와 함께 떠난다는 얘기를 듣지 못했습니다. 어르신께 허락을 맡고서 왔다면 동행할 생각도 있지만, 보아하니 그런 것 같지는 않군요. 그럼 어쩔 수 없습니다. 돌아가세요."

　"아? 그럼 같이 가도 된다는 건가요?"

　"설린 소저! 방금 제 말을 듣지 못했습니까? 무림은 우습게 볼 곳이 아닙니다! 만약 소저께 무슨 일이 생겨서 남궁진 어르신이나 남궁태 어르신이 슬퍼하는 모습을 생각이라도 해보셨습니까?"

　"그러니까요. 아버지는 몰라도 할아버지는 아마 그렇게 슬퍼하시지 않을 거예요."

　"그게 무슨 말인지……?"

　"할아버지는 허락하셨는걸요. 따라간다고 하니까 흔쾌히 보내주시던데요?"

　"……네?"

　백태진은 할 말을 잃었다. 설마 남궁세가의 태상가주씩이나 되는 사람이 자신의 손녀가 정혼자라곤 하지만 외간 남자를 따라 무림행을 나간다고 했는데 말리지 않았단 말인가?

"그, 그게 사실입니까?"

"그럼요!"

남궁설린은 해맑게 대답했다. 이것으로 끝이라고 생각한 것이다.

"아, 안 됩니다. 그래도 안 됩니다! 돌아가십시오!"

"흑… 할아버지의 허락을 받았는데도요?"

"안 됩니다!"

백태진이 큰 소리로 몰아붙이자 남궁설린은 결국 눈물을 쏟아내고 말았다.

백태진을 따라가고 싶다는 마음과 집에 아무런 말도 없이 떠나온 미안함이 뒤섞여서 눈물로 나온 것이다.

갑자기 남궁설린이 눈물을 흘리자 백태진은 당황했다.

백태진이 약한 것 중 하나가 바로 여자의 눈물이었다.

"저는, 저는… 단지 가가와 함께 있고 싶을 뿐인데, 그것이 그렇게 잘못된 일인가요……?"

"소저, 저는 그런 뜻이 아니라……."

"죄송해요, 가가께서 그렇게나 싫어할 줄은 몰랐어요. 미안해요……."

남궁설린은 그렇게 말하고서 자리에서 일어나 힘없이 걸어갔다.

그 뒷모습이 너무나도 처량하게만 느껴졌다.

'으, 나는 왜 이렇게 여자의 눈물에 약한 것일까?'

결국 백태진은 남궁설린의 뒤를 쫓아가 붙잡았다.

"알겠습니다. 동행하도록 하죠. 단, 소저께서는 제 말을 들어주셔야 하고 멋대로 행동하시면 안 됩니다. 알겠습니까?"

백태진이 그렇게 말하자 남궁설린은 환하게 웃으면서 기뻐했다.

'할아버지, 할아버지 말씀이 맞았어요!'

그녀의 눈물은 거짓이었다. 백태진과 관련된 일이라면 물론 눈물짓는 일이 많긴 했지만, 조금 전의 눈물은 철저한 연기였다. 그 연기를 지도한 이는 바로 남궁태였다.

어젯밤, 할아버지를 설득하러 간 남궁설린은 되려 이런 말을 들었다.

"만약 그 녀석이 데리고 가지 않겠다고 하면, 그냥 울어라. 남자는 여자의 눈물에 약한 법이다. 태진이 같은 녀석이라도 똑같아."

정말 그 말처럼 백태진은 자신을 받아들였다. 그것이 남궁설린은 너무나 기뻤다. 고개를 돌리고 한숨을 내쉬는 백태진을 보며 그녀는 속으로 다짐했다.

'결코 걸림돌이 되지 않을게요!'

　　예상치도 못한 일행이 생기자 백태진은 머릿속이 복잡해
졌다.

＊　　　＊　　　＊

　　백태진과 남궁설린은 해가 지고 나서야 작은 마을의 객잔
을 찾을 수가 있었다.
　　백태진은 우선 저녁을 간단하게 해결하기로 했다.
　　"점소이, 빈방 두 곳과 간단하게 저녁상을 차려주게."
　　"알겠습니다."
　　백태진은 점소이에게 말을 해놓고서 남궁설린과 함께 빈
자리에 앉았다.
　　"와, 이곳이 평범한 객잔인가요?"
　　남궁설린은 아까부터 무엇이 그렇게 신기한지 객잔을 둘
러보느라 여념이 없었다.
　　"객잔에 들어간 적이 없습니까?"
　　"객잔이라고 해도 엄청나게 화려한 곳에 가본 적이 전부여
서……. 그래도 저는 그런 비싼 곳보다 이런 곳이 좀 더 객잔
같다는 생각이 드네요."
　　"그렇죠. 객잔은 서민들의 삶의 애환이 담겨진 곳이니까.
의외로 설린 소저는 서민들의 풍류를 잘 알고 있는 것 같군
요."

백태진이 웃으면서 말하자, 남궁설린은 조금 얼굴이 붉어지며 대답했다.

"아니에요, 그저 할아버지께서 그렇게 말하는 것을 몇 번 들었을 뿐이에요. 할아버지는 비싼 객잔보다는 이런 곳을 더 좋아하시는 것 같아서……."

"그렇군요. 하긴, 남궁태 어르신은 검소하신 편이라서 비싼 객잔에는 들어갈 것 같지 않습니다."

"그렇죠? 가끔씩은 너무 검소하게 사셔서서 걱정이에요. 이제는 좀 더 사치를 부리면서 사셔도 괜찮을 것 같은데……."

"그게 천성이시겠죠."

남궁태를 주제로 대화하자 두 사람은 웃으면서 이야기를 끊지 않고 이어 나갈 수 있었다.

백태진은 남궁태에게 내심 감사하고 있었다.

남궁태가 아니었다면 남궁설린과 제대로 얘기하지 못하고 어색한 분위기만 내뿜고 있었을지도 몰랐다.

그렇게 얘기를 하는 사이, 점소이가 음식이 담긴 접시를 가지고 왔다.

"이건 손님께서 너무 아름다우셔서서 제가 드리는 선물이에요."

점소이가 술병을 내려다놓으면서 남궁설린에게 말했다.

“아, 고마워요.”

“점주님께 들키면 안 되니까 비밀이에요?”

점소이는 그렇게 말하며 장난스럽게 웃고서는 멀어져 갔다.

“점소이가 귀엽네요.”

“점소이는 객잔의 얼굴이나 다름없으니까. 이곳은 점소이를 잘 둔 것 같군. 친절한 것 같고, 손님의 미모도 잘 알아보니까.”

백태진의 말에 음식을 입에 넣고 씹던 남궁설린은 사레가 걸려 콜록콜록거렸다.

“괜찮아요? 여기 물 좀 마셔요.”

백태진이 남궁설린에게 물이 담긴 잔을 내밀었다. 남궁설린이 받아 들고 벌컥벌컥 들이켰다.

“참, 가가께서 그런 말을 하시니까 사레가 걸렸잖아요.”

“무슨 말? 나는 사실을 말했을 뿐인데요.”

“정말…….”

남궁설린은 백태진의 말에 피식 웃었다.

백태진은 남궁설린과 이번 일을 계기로 좀 더 친해진 것만 같은 기분이 들었다.

‘그럼 나도 식사를 시작할까.’

백태진도 주린 배를 채우기 위하여 젓가락을 들 때였다.

갑자기 어딘가에서 자신을 바라보는 시선이 느껴졌다.

백태진이 시선을 느끼고서 반응하자 곧바로 그 기색은 사라졌다.

'누구지……? 일단 엄청난 고수임에는 틀림없다. 그런 자를 이런 곳에서 만나다니…….'

아직 길을 떠난 지 하루도 채 되지 않았는데 벌써부터 자신이 생각지도 못할 만한 고수를 만나다니. 백태진은 정말로 강호가 넓으면서도 좁다고 느껴졌다.

'일단 적의는 없어 보인다. 설린 소저는 눈치채지 못한 것 같으니 자연스럽게 행동하도록 하자.'

계속해서 음식을 먹던 남궁설린은 백태진이 젓가락을 들고서 가만히 있자 의아한 얼굴로 물어보았다.

"무슨 일 있어요, 가가?"

"아닙니다, 자, 어서 먹읍시다."

백태진은 그제야 젓가락질을 하기 시작했다.

고개를 갸웃해 보인 남궁설린도 다시 음식을 먹기 시작했다.

그렇게 음식을 거의 다 먹었을 무렵, 한 남성이 벌떡 일어나 백태진이 앉은 자리를 향해 다가왔다.

"잠시 얘기 좀 나눌 수 있을까?"

백태진에게 다가온 남성은 등에 천으로 감싸진 거대한 것을 둘러메고 있었다. 겉모습으로만 본다면 상당한 근육질의 중년 남성이었다.

'시선의 정체는 이자인가…….'

그 중년은 정확히 백태진을 보면서 말하고 있었다. 용건은 백태진에게 있다는 말이었다.

"설린 소저, 먼저 올라가 있어요. 저는 잠시 이자와 얘기를 좀 나누겠습니다."

"그렇다면 저도……."

"아니, 얘기는 둘이서만 나눠야 할 것 같습니다. 약속했죠? 제 말을 잘 들어주겠다고."

"……."

백태진이 그렇게까지 말하자, 남궁설린은 어쩔 수 없이 자리에서 일어났다.

"조심하세요."

남궁설린은 백태진과 남성을 한 번씩 번갈아본 후에 먼저 숙소로 향했다.

남궁설린이 사라지자, 중년 남성은 백태진의 맞은편에 자리했다.

"보아하니 내가 올 거라는 걸 알고 있었던 것 같군."

"시선은 어렴풋이 느끼고 있었으니까요. 당신도 그건 알고 있었던 것이 아닙니까?"

"하하, 그렇지. 점소이. 여기 좋은 술로 두 병 가져다주게."

중년 남성의 부름에 점소이는 식탁 위에 있던 접시를 재빨리 치우고 술병과 술잔을 가지고 왔다.

"술은 내가 사도록 하지. 내가 먼저 얘기를 하자고 말을 걸었으니 말이야."

"그냥 단도직입적으로 물어보겠습니다. 당신은 누구시죠? 어째서 제게 접근하신 겁니까?"

백태진이 먼저 질문공세를 시작하자 중년 남성은 허허 웃으면서 대답했다.

"참으로 솔직한 청년이군. 좋아, 나의 이름은 이태용. 또 다른 이름은 적마검. 한 번쯤은 들어보지 않았나?"

중년 남성의 말에 백태진은 하마터면 자리에서 벌떡 일어날 뻔했다.

이태용, 그의 이름을 왜 모르겠는가. 마교의 중심 세력이라고 부를 수 있는 십마두의 한 사람, 적마검 이태용. 모른다고 하는 것이 더 이상했다.

"적마검 선배님을 뵙습니다."

비록 마교의 인물이라고는 하나, 자신보다 나이도 많고 또한 명성은 훨씬 더 많은 적마검에게 예의를 취하는 백태진이었다.

"음, 보아하니 정파의 인물인 것 같은데, 정파 인물치고는 꽤나 예의가 바른 녀석이군. 겉으로만 위선을 떠는 녀석들보다는 훨씬 제대로 된 것 같아."

“이런 곳에서 적마검 선배를 보게 될 줄은 몰랐습니다. 천산에 기거하고 계시는 게 아닙니까?”

“후후, 잠시 볼일이 있어서 이곳까지 나오게 되었지. 그나저나 너는 이름이 뭐지?”

“태백문의 백태진입니다.”

“백태진, 이름은 처음 들어보는군. 하지만 앞으로 기억해두지. 너와 같은 사람은 오랜만에 만나니까.”

적마검은 그렇게 말하고는 자신의 술잔에 술을 따랐다.

“보통 정파인들은 내가 마교인이라는 것을 알면 곧바로 적의를 드러내고는 하지, 그러다가도 내가 적마검이라는 것을 알면 또 꼬리를 내리고는 하지. 난 그런 것이 싫다. 비록 정마대전으로 인하여 정파와 마교는 서로 적대시하고는 있다지만, 이젠 세월도 많이 흘렀다. 적어도 나는 오십 년 전의 아픔은 모두 잊고 정파와 마교가 평화롭게 지내는 데 찬성하는 입장이다.”

“저도 마찬가지입니다. 전쟁을 또다시 일으킬 필요는 없죠.”

“말이 통하는 청년이군. 자, 내 술잔을 받겠나?”

“감사히 받겠습니다.”

백태진은 적마검에게서 술을 받고서 단숨에 들이켰다.

적마검은 그런 백태진의 모습이 마음에 드는 듯 자신도 한번에 술을 입에다 털어 넣었다.

“그나저나 슬슬 내가 너를 만나러 온 이유를 말해야겠군.”

“……”

술을 함께 마시자고 이곳에 온 것은 아닐 것이다. 백태진도 적마검이 자신을 찾아온 이유가 궁금하던 참이었다.

“나는 어떤 세력을 찾고 있다. 그 세력은 또다시 정마대전을 일으켜 세상을 난세로 만들려고 하고 있지. 나는 네게 그 세력에 대해서 짐작되는 것이 없나 해서 물어보려고 온 것이다. 뭔가 주워들은 것이라던가, 아니면 이상하다고 생각하는 것이 없는가?”

적마검의 얘기를 듣자 백태진은 곧바로 무언가가 머릿속에 떠올랐다.

백태상이 말했던 어떤 세력과 적마검이 얘기하는 어떤 세력이 일치하는 것만 같은 느낌이 강하게 들었다.

‘그렇다면 할아버지께서 말하신 세상의 변혁이란 것이 또다시 정마대전이 일어난다는 것을 말하는 것인가?’

그렇게 생각하면 어느 정도 아귀가 맞아 들어갔다.

적마검은 백태진이 뭔가 고민하는 듯이 입을 꾹 다물고 있자, 술잔을 내려놓고 말했다.

“그 모습을 보아하니 뭔가를 알고 있군?”

“…그전에 선배님께 하나 여쭈고 싶은 것이 있습니다.”

“뭐지?”

“선배님은 제자가 있습니까?”

“제자? 갑자기 그런 것을 왜 물어보지?”

“앞으로 제가 할 얘기에 중요하게 작용하기 때문입니다.”

백태진이 진지한 얼굴로 말하자 적마검은 침묵하다가 입을 열었다.

“없다. 나는 지금까지 제자를 키워본 적이 없어.”

“그렇다면 선배님의 적풍폐천검을 사용하는 인물은 세상에서 선배님밖에 없다는 뜻입니까?”

“…그 말은 꼭 나 말고도 적풍폐천검을 사용하는 인물을 보았다는 듯이 들리는군.”

“선배님의 말대로, 저는 적풍폐천검을 사용하는 인물과 싸웠습니다.”

“그 얘기, 자세히 해보거라.”

적마검에게 사실을 얘기하여 정보를 공유하는 것이 백태진에게 있어서도 더 유리하게 작용할 것 같았다.

백태진은 적마검에게 그날 밤에 있었던 일을 전부 얘기했다.

“…그 녀석이 적풍폐천검을 사용하는 것은 물론이고 마교의 행세까지 했다고? 그게 사실이더냐?”

“제 식견이 모자라서 제대로 확인할 수 없을지도 모르지만, 제가 상대했던 검법은 적풍폐천검이었습니다.”

“……”

백태진의 말을 들은 적마검은 표정이 심각해졌다.

만약 백태진의 말이 사실이라면, 적풍폐천검이 어디론가 새어 나갔다는 뜻이었다.

자신의 절기가 새어 나갔다는 것은 무림인에게 있어서 치명적인 독과도 같았다.

적마검은 한참이나 심각한 얼굴로 앉아 있다가 자리에서 벌떡 일어났다.

그리고 백태진을 향해서 말했다.

“잠시 따라나와라.”

“밖으로요?”

“그래, 네 눈으로 직접 확인을 해보거라. 네가 상대했던 녀석의 검법이 나의 적풍폐천검과 일치하는지 말이다.”

적마검의 말에 백태진의 온몸에서 살짝 전율이 일어났다.

적마검의 말은 곧 백태진과 비무를 하자는 뜻이었다.

백태진과 싸웠던 인물이 사용한 검법이 적풍폐천검인지 알아내기 위해서는 비무가 가장 제격이었다.

“싫으냐? 두려우면 거절해도 괜찮다.”

“아닙니다. 적마검이라고 불리는 선배님과 비무를 할 수 있어서 영광입니다.”

당성기가 백태진에게 비무를 신청했듯, 이번에는 그 반대의 입장이 되어버렸다.

백태진도 강한 상대와 비무를 하면서 자신도 점점 강해진다고 생각했다. 적마검이라면 강호에서도 손꼽이는 인물. 상대로서 과분할 정도였다.

"이상한 녀석이군. 보통 나와 비무를 하자고 말하면 전부 꼬랑지를 내리면서 적당히 변명을 하며 비무를 피하게 마련인데, 너에게는 전혀 그런 것이 느껴지지 않아."

적마검도 백태진의 태도가 재미있다는 듯이 웃으면서 밖으로 걸어 나갔다.

백태진도 그 뒤를 따라 걸어갔다.

그때, 불안하여 결국 방에서 나온 남궁설린이 백태진이 비무를 한다는 말을 듣고서 백태진에게 다가왔다.

"가가, 비무를 하신다고요?"

"잠시 선배에게 한 수 배우는 것이니 너무 걱정하지 마시고 방에 들어가 계세요."

"…저도 따라가겠습니다. 이것만은 말리지 말아주십시오. 적어도 곁에서 지켜보고 싶습니다."

남궁설린의 뜻은 단호해 보였다. 백태진은 남궁설린이 자신과 적마검의 비무를 보는 것도 나쁘지는 않을 것 같다는 생각이 들었다.

비무란 견식을 하면서도 많은 것을 깨닫게 되는 것이니 말이다.

“좋습니다. 단, 지켜보기만 하십시오. 비무에 끼어드는 것은 무인으로서 해서는 안 되는 일임을 소저도 알고 계시겠죠?”

“…네.”

“좋아요. 가죠.”

결국 남궁설린은 백태진과 함께 밖으로 나섰다.

＊　　　＊　　　＊

적마검은 사람이 없는 한적한 곳을 비무 장소로 결정했다.

백태진도 사람들의 눈에 띄는 것은 별로 좋아하지 않아서 적마검의 뜻에 이의를 둘 생각은 없었다.

그렇게 마을에서 조금 벗어난 공터에 자리를 잡은 두 사람 사이에는 묘한 긴장감이 흐르고 있었다.

공터의 중앙에 백태진과 적마검이 서로를 보면서 대치하고 있고, 남궁설린은 멀찍이 떨어져 두 손을 모으고 백태진을 바라보고 있었다.

“그럼 시작하도록 할까.”

“저는 언제든지 시작해도 좋습니다.”

“후후, 당돌한 녀석이군. 좋아, 먼저 선공을 양보하도록 하지.”

"그럼 사양하지 않겠습니다."

백태진은 속전속결로 끝낼 생각을 하고 있었다.

'적풍폐천검은 시간이 지날수록 불리하다. 그럴 바에는 차라리 일격필살의 기술로 끝내는 것이 좋아.'

백태진은 그렇게 생각하며 검을 잡았다. 그리고 그 순간, 한줄기의 섬광이 적마검을 향해 날아갔다.

백태진이 모든 힘을 퍼부어 사용한 견무발검이었다. 거기다 이번에는 검기까지 사용했다.

아무리 적마검이라도 이번 공격은 쉽게 막을 수 없을 것이라는 것이 백태진의 생각이었다.

"대단하군. 그 나이에 그런 발검이라니. 절정 이상일 거라는 것은 예상했지만, 그 나이에 이런 검기를 사용하는 것을 보니 충격이군. 나도 비록 천재라 불렸지만 그 나이에는 사용하지 못했던 것 같은데……."

적마검은 어느새 천으로 감아서 등에 메고 있던 거대한 검을 두 손으로 잡고 있었다. 남궁설린도, 백태진도 그 움직임을 제대로 견식하지 못했다.

그는 그 검으로 백태진의 일격을 막아냈다.

백태진의 일격에 조금도 밀려 나가지 않는 모습이 마치 거대한 바위와도 같았다.

"전혀 통하지 않다니, 조금 충격이군요."

"그걸로 끝이라면 이번엔 내가 공격하겠다."

적마검의 말과 함께 검에 둘러져 있던 천이 풀려 바닥에 흘러내렸다.

천이 전부 풀어서 완전히 모습을 드러낸 적마검의 대검은 무시무시한 위용을 자랑했다.

베는 것보다는 부숴 버리는 것을 목적으로 만들어진 것 같았다.

그건 검이 아니라 몽둥이라고 말해도 과언이 아니었다.

"어느 정도 봐주겠지만, 나도 조금은 진심으로 상대하겠다."

적마검의 말과 함께 대검에 붉은빛의 검기가 맴돌았다.

적마검은 그 대검을 그대로 백태진을 향해 휘둘렀다.

엄청난 풍압과 동시에 굉음을 내면서 적마검의 대검은 백태진의 몸을 집어삼키려는 듯이 가까워져 갔다.

백태진은 양손과 팔꿈치, 그리고 두 다리로 버텨 서서 적마검의 일격에 대비했다.

'이것이 진짜 적풍폐천검, 과연 그 위력은 도대체 얼마나 강할까.'

백태진은 긴장하며 적마검의 일격을 기다렸다.

그리고 적마검의 대검이 백태진의 백룡검에 닿는 순간, 백태진은 그 자리에 서 있지 못했다.

결국 적마검의 일격을 받아내지 못한 백태진은 저 멀리 날아가, 땅 위를 한참이나 굴러서야 멈췄다.

"크으, 이것이 적마검이 사용하는 적풍폐천검의 위력……."

백태진은 온몸이 부서질 듯이 아파왔다. 그도 그럴 것이 지금 목숨이 붙어 있다는 것 자체가 기적이었다.

하늘 위로 높게 떴다가 떨어져서 몇십 척이나 되는 거리를 엄청난 기세로 굴렀으니 몸이 성할 리가 없었다.

그걸 증명해 주듯, 백태진의 의복은 한 방의 공격에 너덜너덜해진 상태였다.

백태진은 간신히 자리에서 일어나 적마검을 향해 검을 쥐었다.

"다시 싸울 것인가? 나는 더 이상 하지 않는 것이 좋을 듯한데."

"…조금 더 상대해 주십시오."

"훗, 좋다. 그 패기, 마음에 든다. 그렇다면 네가 질릴 정도로 상대해 주도록 하지."

적마검은 그렇게 말하고서 백태진을 향해 달려들었다. 그리고 높게 뛰어올라 백태진의 머리 위를 향해 대검을 내려찍었다.

'저것을 막는다는 것은 자살 행위이다.'

이미 적풍폐천검의 위력을 맛본 백태진은 적마검의 검을 막는다는 생각보다 피하기로 했다.

백태진은 온몸을 날려 서 있던 자리에서 벗어났다.

그리고 잠시 후, 거대한 굉음과 함께 백태진의 뒤편에서 땅이 흔들리는 것이 느껴졌다.

백태진이 뒤를 돌아보자 아까까지만 해도 백태진이 서 있던 장소에 거대한 구멍이 파져 있었다.

사람을 묻어도 될 정도의 충분한 깊이의 구멍이었다.

'하마터면 저기가 내 무덤이 될 뻔 했군……'

설사 정말로 죽일까마는 백태진은 가슴을 쓸어내리며 다시 자세를 바로잡았다.

적마검은 땅에 박힌 대검을 뽑아 들고서는 곧바로 백태진이 있는 곳으로 달려들었다.

'쾌속무형검으로는 상대할 수 없다. 그렇다면 나도 석중무동검으로 반격을 가하는 수밖에……'

쾌속무형검은 쾌의 무리를 담고 있다. 그렇기에 패도적인 적풍폐천검을 상대하기에는 무리가 있었다. 상대가 패라면 이쪽은 중! 백태진은 자세를 변화시켰다.

거기에 약간의 모험을 해야만 적마검의 옷깃이라도 스칠 수 있다는 생각이 들었다.

'후, 좋아. 해보는 거다.'

백태진은 생각을 정리하고서 적마검을 향해 달려갔다.

달라진 백태진의 기세에 적마검은 의외라고 생각하며 웃음이 나왔다.

지금까지 자신에게 달려드는 이가 과연 몇이나 될까?

전부 피해 다니느라 바빴다.

자신에게 달려드는 것 자체가 이미 배짱이 있다는 것이고, 스스로의 실력을 신뢰한다는 것이었다.

'오랜만에 제대로 된 젊은 무인을 만난 것 같군.'

그렇다고 봐줄 생각은 없었다.

적마검은 백태진과 거리가 가까워지자 대검을 횡으로 베었다.

그리고 정확히 적마검의 대검은 백태진의 머리를 향해 달려들었다.

그런데 그때, 백태진의 머리가 사라져 버렸다.

적마검의 대검에 날아가 버린 것은 아니다.

적마검의 검은 아무것도 닿지 못하고 공허하게 허공만 갈랐다.

백태진이 나타난 곳은 적마검의 시선보다 훨씬 아래쪽이었다.

적마검에게 달려들면서 대검이 날아오는 순간에 맞춰 자세를 최대한 낮춰서 백태진이 한순간 사라진 것처럼 보인 것이다.

적마검은 허공을 갈랐기 때문에 지금 자세가 흐트러져 있었다.

공격할 기회는 지금밖에 없었다.

‘지금이다!’

백태진은 혼신을 다한 지룡승천을 펼쳤다.

백태진의 검이 적마검의 머리를 향해 아래에서 위로 솟구치고 있었다.

‘크, 아직 멀었다!’

하지만 적마검은 순간적인 기질을 발휘하여 대검을 바닥에 끌었다.

그러자 적마검의 속력은 순식간에 줄었고 그 덕에 백태진의 검을 가볍게 피해냈다.

하지만 아직 백태진의 공격은 끝나지 않았다.

하늘 위로 솟구친 백태진은 그대로 적마검을 향해 검을 내려베었다.

지룡승천에 이은 천룡속강의 연계기술이었다.

하늘에서 자신을 향해 내려오는 백태진을 발견한 적마검은 땅에 박힌 검을 그대로 위로 끌어올렸다.

‘무게를 더한 나의 검은 적풍폐천검에도 뒤지지 않을 것이다.’

백태진은 이 일격이 마지막 일격이라는 생각을 하면서 모든 내력을 검에 쏟아부었다.

적마검도 백태진의 이번 일격에 위협을 느꼈는지, 상당한 내력으로 대항해 왔다.

“으아아아압—!”

"흐아아압—!"

두 사람의 기합 소리가 천지에 울려 퍼졌다.

그리고 마침내 서로 반대 방향에서 펼쳐진 두 사람의 일격이 마주쳤다.

두 사람의 일격이 맞부딪힌 곳에서부터 엄청난 풍압이 흘러나왔다.

백태진은 당장에라도 검에서 손을 떼고 싶을 정도로 엄청난 충격이 두 손에서 느껴졌지만 놓지 않았다.

자신의 두 손이 부서지는 한이 있더라도 절대로 놓지 않을 생각이었다.

그건 적마검도 마찬가지였다.

두 사람의 검에 담긴 위력은 팽팽했다.

그리고 어느 한순간, 백태진과 적마검, 두 사람이 동시에 튕기듯 뒤로 밀려 나갔다.

백태진은 또다시 저 멀리 튕겨져 나가 땅 위를 굴렀고, 적마검은 튕겨져 나가는 와중에도 대검을 땅에 꽂아서 최대한 피해를 줄였다.

대검을 땅에 꽂았어도 적마검은 한참이나 뒤로 밀려 나가서야 멈출 수가 있었다.

두 사람 전부 무사해 보이지는 않았지만, 백태진보다는 적마검이 멀쩡해 보였다.

온몸에서 피가 흘러나와 옷이 붉게 물든 백태진은 자리에서 일어날 수가 없었다.

"가가!"

백태진이 피떡이 되어버리자 남궁설린은 소스라치게 놀라며 백태진에게 달려갔다.

남궁설린은 우선 백태진의 호흡을 확인했다.

다행히 숨을 쉬고 있었다.

"정말 굉장한 녀석이다. 몸을 사리지 않고서 덤벼오다니, 지금은 내가 이겼지만 조금만 시간이 지나면 어떻게 될지 나도 장담할 수 없겠군."

적마검은 그렇게 말하면서 검을 등에 도로 메고고 백태진에게 다가갔다.

남궁설린이 적마검의 앞을 가로막았다.

혹시라도 적마검이 백태진에게 위해를 가할지도 모른다는 생각을 했기 때문이다.

"어서 그 녀석을 치료하지 않으면 위험하지 않겠느냐? 나도 그 녀석이 마음에 들었다. 위해를 끼칠 생각은 전혀 없으니 안심해라."

"……."

이대로 시간만 흐른다면 백태진이 정말로 위험해질 수도 있기 때문에, 남궁설린은 어쩔 수 없이 적마검을 믿어보기로 하였다.

적마검은 백태진은 번쩍 안아 올렸다.

　남궁설린은 백태진이 떨어뜨린 백룡검을 챙겨 들고서 적
마검을 따라 객잔으로 향했다.
　그렇게 한밤중의 사투는 백태진의 패배로 끝이 났다.

第五章
혈투

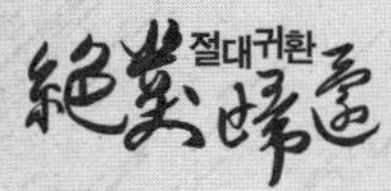

적마검과의 비무 이후로 백태진이 눈을 뜬 것은 꼬박 사흘이 지나서였다.

"으으……."

백태진은 의식을 되찾자마자 온몸이 아파오는 것이 느껴졌다.

백태진은 여기저기 치료된 자신의 몸을 보고서, 자신이 살아남아 있다는 것이 기적이라고 해도 과언이 아니라는 생각이 들었다.

적마검과의 비무 당시에는 정말로 죽을 각오를 하고서 싸웠다.

그래도 이렇게 살아 있는 것을 보니 아직 천운이 다하지는 않은 듯했다.

그때였다. 남궁설린이 백태진이 있는 방 안에 모습을 드러냈다.

방 안으로 들어온 남궁설린은 의식을 되찾은 백태진을 보고서 깜짝 놀라 들고 있던 물그릇을 바닥에 떨어뜨리고 말았다.

백태진의 온몸을 정성스럽게 물수건으로 닦아주려고 준비한 물이지만, 백태진이 의식을 되찾은 이상 그건 중요한 것이 아니었다.

"드디어 깨어나셨군요!"

남궁설린은 백태진에게 달려가 백태진의 두 손을 잡았다.

지금까지 백태진이 눈을 뜨지 않아서 얼마나 걱정을 했는지 모른다.

사흘 밤낮을 오직 백태진의 곁에 있으면서 간호했다.

하늘도 그런 남궁설린의 노력을 알아주었는지 드디어 백태진이 눈을 뜬 것이다.

남궁설린은 백태진이 의식을 되찾은 것이 그 무엇보다도 기뻤다.

"아, 내가 얼마나 정신을 잃고 있었습니까?"

"사흘을 계속 눈을 감고 계셨어요."

"사흘이라……. 적마검 선배는 어디에 있죠?"

“그분이라면, 가가를 이곳에 데려다주고서는 상처를 치료해 주시고 가가께서 깨어나시면 안부를 전해주라고 말하고서는 곧바로 떠나셨어요.”

“…그렇군.”

그때였다. 백태진은 또다시 몸에서 통증이 느껴져 얼굴을 찌푸렸다.

백태진이 얼굴을 찌푸리자 남궁설린은 놀란 가슴을 쓸어내리며 백태진을 부축했다.

“괜찮아요. 아직 완전히 낫지 않은 것뿐입니다. 그래도 난 튼튼한 편이니 이 정도 상처는 금방 나을 것입니다.”

“너무 무리하지 마세요…….”

“놀라게 해서 미안합니다.”

“…….”

남궁설린은 백태진이 다시 괜찮아진 듯하자 부축을 풀었다. 그리고 바닥에 떨어진 빈 그릇을 주워 들고서는 말했다.

“다시 물을 가져올게요.”

남궁설린은 그렇게 말하고서 방에서 나갔다.

방 안에 홀로 남은 백태진은 다시 침상에 누우며 생각했다.

“사흘이라……. 예상치도 못하게 시간을 낭비해 버렸군. 몸이 이래서야, 완전히 치료하려면 적어도 이틀은 이곳에서 더 있어야 하겠어.”

덜 나은 상태에서 움직이는 것보다는 완전히 치료하고 움직이는 것이 시간은 좀 더 걸리더라도 안전했다. 그나마 백태진이기에 그 정도 시간으로 충분히 치료할 수 있는 것이었다.

내상을 입은 상태에서 움직이다가 적이라도 만난다면 곤란했다.

백태진은 신중하게 움직이기로 하였다.

"그나저나 이곳에서 꽤나 오래 묵었겠군. 예상 못한 지출이 늘어나겠어."

백태진은 자신이 내상을 입은 탓에 객잔에서 오랫동안 머무르게 되었다.

그것은 곧 돈을 더 지불해야만 한다는 소리였다.

적절하게 돈을 배분하면서 남은 여정을 다녀야 하기 때문에 백태진은 이참에 예산을 정리하기로 하였다.

백태진은 옆쪽에 놓인 탁상 위에 자신의 돈주머니가 놓인 것을 발견했다.

백태진은 자리에서 일어나 돈주머니가 있는 곳으로 향했다.

그리고 돈주머니를 손으로 잡아 올리는 순간, 백태진은 돈주머니가 이전보다 훨씬 가벼워진 것을 느낄 수가 있었다.

깜짝 놀란 백태진은 주머니를 열어 탁상 위에 돈을 쏟아부었다.

그러자 주머니에서 나온 돈은 고작 은자 십 냥뿐이었다.

"이게 어떻게 된 일이지……?"

자신이 남궁세가를 출발했을 때만 해도 돈주머니에는 적어도 은자 백 냥 이상은 들어 있었다.

그게 며칠 밤사이에 십 냥으로 줄어들었다. 줄어든 원인을 생각해 본다면 자신이 기절했을 때의 사흘밖에 없었다.

"설린 소저에게 물어봐야겠군……."

은자 십 냥으로는 서장까지 버티지 못한다. 백태진은 왜 이렇게 돈이 줄어들었는지 남궁설린은 알고 있을 거라 생각하여 남궁설린이 돌아오기만을 기다렸다.

그리고 잠시 후, 남궁설린이 다시 물이 담긴 그릇을 들고 왔다.

남궁설린은 백태진이 침상에서 나와 있는 것을 발견하고서 다가가 화내듯이 말했다.

"가가, 좀 더 안정을 취하셔야 합니다. 어서 침상으로 돌아가 누우세요."

"설린 소저, 지금 그게 중요한 것이 아닙니다. 돈이 사라졌습니다."

"아, 그건 어쩔 수 없었어요."

백태진의 예상대로 남궁설린은 무언가 알고 있는 눈치였다.

"그 많던 돈이 전부 어디로 갔죠?"

"그게 사실은… 가가께서 계속 사경을 헤매고 계셨을 때 마침 이 객잔에 한 상단이 묵었어요. 그래서 약재라도 지어서 먹여야 하겠다는 생각에 상단에 찾아가서 약재를 구입했어요. 그래서 돈이 줄어든 거예요."

즉, 약재를 구입해서 돈이 없어졌다는 소리였다.

백태진은 약재를 사는 데 거의 은자 백 냥이나 썼다는 말에 얼마나 비싼 약재를 구입했는지 궁금하여 물어보았다.

하지만 남궁설린에게서 들은 약재들은 하나같이 평범한 가격의 것들이었다.

아무리 비싸게 쳐 줘도 은자 다섯 냥이면 충분히 사는 가격이었다.

백태진은 곧 남궁설린이 사기를 당했다는 것을 깨달을 수 있었다.

'설린 소저를 나무랄 수도 없다. 설린 소저는 내가 걱정돼서 약재를 구입한 것이니까…….'

남궁설린은 지금까지 남궁세가에서만 살아왔다.

그런 사람이 세상의 물정에 대해서 잘 알고 있을 리가 만무했다.

남궁설린이 말한 상단은 어떤 방법인지는 모르지만 남궁설린이 세상 물정 모르는 돈 많은 사람이라는 것을 알아차리고서 단단히 챙긴 것이다.

무림에서는 사기를 친 쪽보다 사기를 당한 쪽이 잘못이다.

하지만 백태진은 무슨 일이 있더라도 그 돈이 필요했다.

그 돈이 없다면 앞으로 버틸 수가 없었다. 노숙을 하면서 가면 어떻게든 버틸 수야 있겠지만, 남궁설린을 데리고서 노숙을 할 수는 없었다.

백태진은 어쩔 수 없이 시간이 좀 더 걸리더라도 남궁설린에게 사기를 친 상단을 찾아서 돈을 도로 받아내야겠다고 생각했다.

"설린 소저, 혹시 그 상단이 어디에 있는지 아십니까?"

"네? 제가 알기로는 한 시진 전에 이 객잔을 떠난 것으로 알고 있는데……. 뭔가 그 상단에게 용건이라도 있으세요?"

"설린 소저를 위해서 말하겠습니다. 설린 소저, 소저께서는 그 상단에게 사기를 당하신 겁니다. 그 약재들은 아무리 비싸게 쳐도 은자 다섯 냥이면 살 수 있는 가격입니다. 무림에서는 이런 일이 평범하게 일어나니까 앞으로 조심하라고 말씀드리는 것입니다."

"사기라니……."

백태진의 말에 남궁설린은 상당히 충격을 받은 듯했다.

"어떡하죠? 가가, 저 때문에……."

"나쁜 것은 설린 소저를 이용한 그 상단입니다. 아직 늦지 않았으니 그 상단을 쫓아가서 돈을 다시 돌려받도록 하죠."

"죄송해요, 가가."

백태진은 자신에게 정말로 미안해하는 남궁설린을 보면서 부드럽게 웃었다.

"모두 저를 위해서 그런 것이 아닙니까. 고마워요, 설린 소
저."

백태진의 말에 남궁설린은 표정이 조금 밝아진 듯하였다.

아직 내상이 완벽히 낫진 않았지만 움직일 만은 했다. 백태
진은 옷을 걸치고 검을 챙겼다.

'자, 감히 나에게 사기를 친 단주의 얼굴 좀 보러 가볼까.'

백태진의 두 눈에서는 은은하게 분노가 타오르는 듯했다.

*   *   *

백태진은 객잔을 나와 경공으로 마을을 돌아다니며 상단
을 찾아다녔다.

아직 부상당한 몸이라 경공을 사용하면서도 몸이 아팠지
만 꾹 참았다.

이 아픔을 참지 못하고 지금 멈춘다면 평생 그 상단을 찾을
수 없을 것이다.

백태진은 최대한 아픔이 표정으로 드러나지 않도록 애썼
다.

그렇게 반 시진가량을 돌아다니니 상단의 행렬을 발견할
수 있었다.

백태진과 남궁설린은 행렬의 앞을 가로막았다.

갑자기 백태진과 남궁설린이 나타나자 선두로 가던 사람

들은 그 자리에서 멈추어 섰다. 선두가 멈추자 자연히 그 뒤
에 있는 사람들도 일제히 정지했다.

"갑자기 웬 놈이냐!"

선두에 선 남성이 백태진과 남궁설린을 향해 소리쳤다.

그러나 백태진은 그것을 무시하고 남궁설린을 돌아보았
다.

"이자들이 맞습니까?"

남궁설린이 선두의 남성들을 훑어보더니 살짝 고개를 끄
덕여 보였다. 백태진이 굳은 얼굴로 고개를 돌렸다.

"이 상단의 책임자를 만나러 왔다."

백태진이 말하자 남성은 코웃음을 쳤다.

"책임자? 갑자기 불쑥 나타나서 한다는 말이 고작 그런 것
이냐? 우리 단주님은 바빠서 너와는 만나줄 시간이 없다. 어
서 썩 꺼지거라!"

"내 일행이 이 상단에서 물건을 샀었다. 그런데 그 가격이
너무 비합리적이라 합리적인 가격으로 되돌려 받고 싶군."

백태진의 말에 상단의 사람들이 일제히 웃기 시작했다.

"하, 정말 웃기는군. 합리적인 가격으로 돌려달라고? 우리
상단은 반품 따위 불가한다!"

"말단과는 애기하지 않겠다. 책임자를 불러와라."

"싫다고 한다면?"

"두 번 말하지는 않겠다."

백태진은 그렇게 말하면서 은연중에 살기를 살짝 내뿜었다.

그 살기가 보통이 아니었기에, 상단의 사람들은 표정이 싹 굳으며 진지해졌다.

"아무래도 저 녀석은 피를 보고 싶어 하는 것 같군. 어디 굴러먹다 온지도 모를 삼류무사가 우리가 힘없는 상단이라 생각하여 그런 위협이 통할 거라고 생각하나 본데, 그렇게 생각하면 큰 오산이다!"

그 말과 함께 상단의 사람들이 일제히 검을 뽑아 들었다.

백태진은 그들이 평범한 상인이 아니라는 사실을 알 수 있었다.

'일류는 아니더라도 이류는 되는 무사들이다. 표국의 무사는 아닌 듯한데 신기하군. 상인이 무공을 배웠다니.'

상인들이 일제히 검을 뽑아 들자 백태진도 검을 뽑았다.

하지만 곧 남궁설린이 백태진을 막아서며 앞으로 나섰다.

"가가, 여기는 제게 맡겨주세요. 가가께서 굳이 나설 필요는 없어요."

"……."

백태진은 남궁설린을 잠깐 쳐다보았다. 그녀의 얼굴에는 어느 때보다 진지한 결단이 떠올라 있었다.

아무래도 자신이 부족하여 사기를 당한 것을 어떤 형태로든 책임지고 싶어 하는 것 같았다.

부상당한 상태라 해도 백태진이 이 정도 상인 무리를 무찌르는 것은 일도 아니다. 하지만 상처를 보해야 한다는 것도 무시할 순 없었다.

'맡겨볼까.'

남궁설린의 무공을 확실하게 확인해 두는 것도 앞으로의 여정을 위하여 나쁘지 않으리라.

"부탁합니다."

"예."

백태진의 말에 남궁설린은 기쁜 듯이 대답했다.

남궁설린이 검을 뽑아 들자 상인들이 코웃음을 쳤다.

"계집이 얼굴이 반반하다고 봐줄 거라고 생각하는가 보지? 일제히 공격이다!"

한 남성의 외침과 동시에 스무 명가량의 상인이 일제히 남궁설린을 향해 검을 들고서 달려들었다.

남궁설린은 검을 들고서 움직이지 않았다.

상인들이 다가올 때까지 기다리는 듯했다.

결국 남궁설린의 앞까지 다가온 한 상인이 남궁설린을 향해 검을 내려쳤다.

그러나 남궁설린은 상인의 검을 물 흐르듯이 피하면서 동시에 상인의 후두부를 검등으로 내리쳤다.

둔탁한 소리와 함께 후두부에 타격을 맞은 상인은 바닥에 쓰러졌다.

"이년이!"

"한꺼번에 공격해라!"

한 명의 상인이 쓰러지자 다른 상인들이 한꺼번에 남궁설린에게 덤벼들기 시작했다.

하지만 남궁설린은 어디에서 검이 오는지 전부 알고나 있는 듯이 자연스럽게 검을 피했다.

조금이라도 늦으면 상인이 휘두르는 검에 베일 정도로 아슬아슬한 간격이었지만, 그렇다고 남궁설린에게 상인들의 공격이 통할 것 같아 보이지는 않았다.

그렇게 남궁설린의 주변에 열 명 정도의 상인이 드러눕게 되어서야 상인들은 남궁설린에게 두려움을 느끼기 시작했다.

"저 여자는 도대체……."

"삼류무사가 아니었어. 저 정도면 일류잖아!"

"어떻게 하지……? 단주님을 불러올까?"

남궁설린에게 두려움을 느끼기 시작한 상인들은 남궁설린에게 쉽사리 접근하지 못하고 대치 상태를 이어 나갔다.

"이 이상은 시간낭비입니다. 어서 책임자를 불러오십시오."

남궁설린이 그들을 향해서 말하자, 상인들은 입술을 질끈 깨물고서는 이러지도 저러지도 못했다.

그런데 그때, 상인들의 뒤편에서 삼십대 정도의 남성이 모습을 드러냈다.

"단주님!"

상인들은 그 남성을 발견하고서 일제히 무릎을 꿇으며 길을 비켜섰다.

"당신이 이곳의 단주인가?"

"그렇소."

백태진이 중년 남성을 향해 물어보자, 중년 남성은 자신있게 대답하였다.

백태진은 그도 무공을 배웠다는 것을 알 수 있었다.

'이 정도면 일류의 수준은 되는 것 같은데. 이 상단은 참으로 이상하군. 상인들이 전부 무공을 습득하고 있어.'

백태진은 단주와 그의 상단에게 조금 관심이 갔다. 하지만 지금은 돈을 돌려받는 것이 더욱 중요했다.

"무슨 볼일로 찾아오셨습니까? 보아하니 대단한 실력들의 무인이신 것 같습니다만. 저희 상단은 평범한 상단일 뿐이니 무인으로서 긍지를 가지신다면 그냥 물러나 주십시오."

중년은 정중하게 말하는 듯했으나 자세히 내용을 들어보면 줄 것은 없으니 그냥 꺼지라는 소리와 같았다.

"내 동료가 이곳에서 물건을 샀습니다. 하지만 그 물건이 너무나도 턱없는 가격이라 정정을 요구하러 왔소."

"아, 생각이 나는군요. 분명 어젯밤에 우리 상단에서 약재를 사셨던 분이시죠?"

"그렇소."

백태진은 생각보다 일이 잘 풀릴 것 같았다. 이 정도의 무위를 보였으면 누구라도 꼬리를 내리고 돈을 돌려줄 것이다.

하지만 단주는 백태진의 예상과는 다른 대답을 하였다.

"그렇지만 돈을 돌려달라는 것은 곤란합니다. 저는 분명히 그 소저에게 말했습니다. 제가 파는 약재는 시중가격보다 조금 비싼 가격이라고. 그래도 사신 것은 그 소저입니다. 그런데 이제 와서 그러시면 어떻게 하십니까?"

말은 참 잘한다. 백태진이 날카롭게 말했다.

"조금 비싼 가격이라고 말했소? 당신이 판 약재는 시중가격으로 비싸게 사도 은자 다섯 냥이면 살 수 있는 가격이오. 그런데 그것을 백 냥에 가까운 가격에 팔았으니, 이것이 도둑놈 심보가 아니고 뭐겠소? 이건 장사가 아니라 사기라고 보이오만."

"사기라……. 그렇게 생각하는 것도 이해는 합니다. 하지만 그게 뭐가 잘못되었습니까? 상인이 자신의 물건을 원하는 가격에 파는 것은 당연한 일입니다. 하다못해 물 한 모금도 은자 다섯 냥에 팔 수 있는 것이 상인입니다. 나는 그 이치에 따랐을 뿐입니다."

"……."

단주는 억지스럽지만 논리적으로 백태진의 말에 반박했다.

‘평범한 상인은 아니다. 이거, 쉽게 돈을 받아내기는 어려울 것 같군.’

백태진은 자신이 고전하고 있다는 생각에 약간의 식은땀이 흐르는 듯했다.

“당신의 말을 잘 알겠소. 그렇지만 나는 무슨 일이 있더라도 그 돈을 받아내야겠소.”

“무력을 사용하겠다는 소리입니까? 힘없는 상인에게 무력으로 대응하다니, 보아하니 정파의 무인인 것 같은데 무인이면 뭐든지 힘으로 해결해도 되는 겁니까? 만약 이곳에서 무력으로 나를 제압하려 한다면 그건 곧 당신이 무인으로서의 긍지를 버린다는 것과 같다고 말씀드리고 싶습니다만.”

“무인의 긍지? 잘 말하셨소. 무인에게 긍지가 있듯이 상인에게도 긍지가 있을 것이오. 그런데 당신에게 있어서 상인의 긍지란 은자 다섯 냥의 가격을 터무니없이 부풀려 은자 백 냥에 파는 것이오? 그것이 상인의 긍지를 가진 사람이 하는 일이오? 사기꾼이나 하는 짓과 뭐가 다르단 말이오?”

“……”

백태진의 반격에 이번엔 단주의 말문이 막혀 버렸다.

‘이자도 여간 보통내기가 아니군. 보통 무인이라면 검으로 위협하는 것이 최선일 텐데. 이자는 충분히 힘이 있으면서도 그것을 사용하지 않고서 되도록 나와 동등한 입장에서 맞서려고 한다. 이런 무인은 오랜만에 보는군.’

만약 백태진이 검을 뽑으며 힘으로 위협을 한다면 그건 그 것대로 단주에게 있어서 좋은 일이다.

그런 사람은 잘 구슬리기만 해도 돈을 덜 줄 수가 있었다.

지금까지 백태진 말고도 이런 이유로 자신을 찾아온 사람은 수두룩했다.

그럴 때마다 그런 자들을 말로 상대하여 최대한 이익을 보아왔다.

이번에도 그와 다르지 않을 것이라 생각했는데 그건 큰 오산이었다.

단주는 더 이상 백태진에게 반박할 말이 떠오르지 않았다.

"제가 졌습니다. 돈은 돌려 드리도록 하지요. 그나저나 당신의 이름을 물어도 괜찮겠습니까?"

"내 이름은 백태진이오.."

"백태진……. 나는 동북상단의 진시진입니다."

"동북상단. 들어보지는 못했지만 뭔가 보통 상단은 아닌 것 같군."

"상인이 직접 무공을 배우고 있다는 것은 흔히 볼 수는 없는 일이죠."

그 말도 사실이긴 하지만, 백태진은 무언가 다른 느낌을 받았다. 동북상단의 사람들이 어떤 사정이 있어서 상단을 운영하고 있고, 무공까지 익히고 있다는 육감이었다.

'뭐, 그건 내 알바가 아니지만…'

백태진은 일단 돈을 돌려받으면 그걸로 만족했다.

잠시 후, 진시진은 은자 백 냥이 든 돈주머니를 가지고 왔다.

"은자 백 냥입니다. 이것으로 아까 전의 제 무례를 용서해 주십시오."

"나는 돈만 돌려받을 수 있다면 딱히 마음에 담아두지는 않소."

"그렇군요……."

진시진은 백태진에게 돈주머니를 건네 주고서 뭔가 할 말이 있지만 머뭇거리는 듯했다.

"혹시 말입니다. 폐가 되지 않는다면 저희 상단과 동행을 부탁드려도 괜찮겠습니까?"

"동행……?"

갑작스러운 진시진의 말에 백태진은 말끝을 조금 흐렸다.

"지금 물건을 납품해야 하는데 고객이 상당히 중요한 곳이라 물건을 안전하게 운반해야 하기 때문입니다. 보아하니 상당한 고수이신 것 같은데, 가는 데까지여도 좋으니, 동행을 해주시면 감사하겠습니다. 혹시 목적지가 어디십니까?"

"…서장이오."

"그렇다면 방향이 비슷하군요. 부디 그쪽까지라도 어떻게든 안 되겠습니까?"

이런 부탁을 하는 것을 보니 백태진은 진시진이 참으로 상인이라는 생각이 들었다.

지금 이 상황에서 이런 부탁을 하는 것이 쉬운 일은 아니다. 그러나 진시진은 기회를 놓치지 않고서 자신에게 이득이 될 방향을 잘 알고 있는 듯했다. 노련한 상인은 다가온 기회를 절대로 놓치지 않는 법이다.

'확실히 동행하는 것이 나에게도 더 이로울 것 같다. 설린 소저도 좀 더 편안하게 갈 수 있을 것 같고, 안전성도 좀 더 확보될 것 같고……'

"설린 소저는 어떻습니까? 이들과 같이 행동한다는 것에."

"저는 가가의 뜻을 따르겠습니다."

남궁설린도 그다지 반대하는 것 같지는 않았다.

한 사람보다는 여러 사람과 함께 다녀라. 그것이 무림의 법칙 중 하나이다.

백태진은 그 법칙에 따르기로 하였다.

"좋습니다. 단, 저희가 원할 때 동행에서 빠져도 된다는 조건과, 동행할 때 저희의 편의를 봐주셔야 합니다."

"당연합니다."

백태진이 허락하자 진시진은 만족스럽게 웃었다.

"그럼 저희는 객잔에서 말을 데리고 오겠으니, 잠시 여기에서 기다려 주십시오."

"알겠습니다."

"설린 소저, 갑시다."

백태진과 남궁설린은 객잔에 있는 말을 가지러 가기 위하여 경공을 펼쳐 그 자리에서 사라졌다.

두 사람이 사라지자 진시진은 하늘을 보며 혼잣말을 했다.

"다행이군. 든든한 호위가 생겼으니 말이야. 이번 고객은 상당히 까다로웠는데 잘됐어. 그나저나 그쪽은 이렇게나 많은 무기를 왜 구입하는 거지? 조만간 큰일이 벌어질지도 모르겠군. 난 상인이니 나와는 상관없겠지만."

진시진은 혼자서 중얼거리고는 마차로 들어가 버렸다.

*   *   *

오직 횃불만이 주변을 밝혀주고 있었다.

이곳에는 오직 사람들의 절망감이나 비애밖에 느껴지지 않았다.

뇌옥, 한번 갇히면 절대로 빠져나올 수 없다는 곳이다.

적기욱이 내공 사용을 금제당한 상태로 뇌옥에 갇힌 지 열흘이라는 시간이 지났다.

뇌옥에 갇히고 그다지 오래된 것은 아니지만, 적기욱은 겉모습만 본다면 상당히 괴로워 보였다.

뇌옥에 갇히면 일단 물과 음식은 열흘에 딱 한 번만 제공된다.

그것만으로도 버티기가 힘든데 하루에 한 번씩 간수가 뇌옥 안으로 들어와 채찍으로 반 시진 동안 아무 이유도 없이 묵묵히 죄수들을 때린다.

내공도 금제당하고 제대로 움직일 수 없도록 손발도 묶인 상태에서 그렇게 맞아대니 정말로 힘든 고통이 아닐 수가 없었다.

그래서 혀를 물고서 자살하는 사람이 부지기수였다.

그것이 이 고통에서 벗어날 수 있는 유일한 방법이기 때문이다.

적기욱도 며칠 만에 몰라보도록 사람이 많이 변해 있었다.

그런 적기욱 앞에 나타난 사람은 자신을 뇌옥에 가둔 장본인인 할아버지였다.

"일어나라."

노인이 멍하니 바닥을 내려다보는 적기욱을 향해 말했다.

그러자 적기욱의 초점 없던 눈빛이 노인의 말을 듣고서 정상으로 돌아왔다.

"아직은 제정신을 유지하는 것 같군. 하지만 과연 얼마나 버틸지. 지금이라도 늦지 않았다. 백태진을 죽이고서 귀령검을 가지고 오겠느냐?"

"……"

노인의 말에 적기욱은 뭐라고 대답하려는 듯 입을 뻐끔뻐끔거렸다. 하지만 제대로 물도 못 마신 탓에 목소리가 제대로 흘러나오지 않았다.

목소리가 나오지 않자, 적기욱은 자신의 의사를 표현하려는 듯 고개를 좌우로 저었다.

그 모습을 본 노인은 짧게 혀를 찼다.

"좋다. 네가 언제까지 버티는지 한번 보자꾸나."

노인은 그렇게 말하고서 적기욱을 등지고 뒤로 돌았다. 그리고 간수를 향해 말했다.

"녀석에게는 보름에 한 번씩 물과 음식을 주어라. 그리고 형벌도 한 시진으로 늘려라."

"존명!"

노인은 그렇게 말하고서 다시 한 번 뒤를 돌아 적기욱을 쳐다보았다.

적기욱은 기력이 쇠했는지 이미 기절한 상태였다.

노인은 적기욱에게서 눈길을 거두고서 그 장소에서 빠져나왔다.

노인이 밖으로 나오자 한 인영이 곁에 나타났다.

"림주님, 백태진의 동향을 파악했습니다."

"그 녀석은 어디에 있지?"

"현재 한 상단과 함께 이동 중. 목적지는 아마도 서장으로 추정됩니다."

"…서장이라고?"

노인은 잠시 침묵하다가 다시 입을 열었다.

"이번에는 무슨 일이 있더라도 귀령검을 회수해라. 마용에

게 이번 일을 맡기고 귀혼대(鬼混隊)를 사용해도 좋다고 말해
라.”

　“존명!”

　노인의 말에 인영은 곧 사라졌다.

　“이번에야말로 귀령검을 손에 넣을 것이다. 그렇다면 그
녀석도 제정신을 차릴 수 있겠지. 그리고, 파림(破林)이 세상
에 존재를 드러내게 될 것이다.”

　노인의 웃음소리가 어둠속에서 귀신의 음성과도 같이 낮
게 울렸다.

＊　　　＊　　　＊

　백태진과 동북상단이 함께 이동하게 된 지도 보름이라는
시간이 흘렀다.

　보름이라는 시간이 지나다 보니 남궁설린도 슬슬 무림이
라는 세계에 적응을 해가는 것 같았다.

　백태진의 예상과는 달리 노숙도 무리없이 해냈고 맛없는
음식들도 곧잘 먹었다.

　백태진은 이런 것에 쉽게 적응하는 남궁설린을 보며 왠지
모르게 대견한 마음이 들었다.

　하지만 그건 백태진의 큰 오산이었다.

　생활 습관이라는 것이 있다.

그건 단기간에 고칠 수 있는 것이 아니다.

일생을 좋은 옷을 입고 좋은 곳에서 자고 좋은 음식만을 먹고 자란 남궁설린이 노숙을 하고 며칠 동안 씻지 못하고 찬밥만 먹는 것에 쉽게 적응할 수 있을 리가 없었다.

하지만 남궁설린이 그런 것들을 꿋꿋이 해내는 이유는 오직 곁에 백태진이 있기 때문이었다.

남궁설린은 힘이 들 때마다 늘 곁에 백태진이 있다고 생각하며 힘든 순간을 버텼다.

백태진이라는 버팀목이 존재하지 않았다면 지금까지 버텨낼 수 없었을 것이다.

"설린 소저, 괜찮으십니까?"

"아, 네."

남궁설린은 백태진에게 걱정을 끼치지 않기 위해서 최대한 밝게 대답했다.

그래도 그 목소리에는 조금 힘이 부족했다.

백태진도 그것을 깨닫고서 걱정스러운 눈빛으로 말했다.

"오늘 저녁에는 마을에 들를 수 있을 것입니다. 그러니까 조금만 힘내십시오."

요 며칠간 계속해서 야숙을 해왔다. 그런데 오늘 저녁에는 제대로 된 곳에서 잘 수 있다는 백태진의 말에 남궁설린은 황홀한 기분이 드는 듯했다.

고급스러운 곳에 머무는 것은 아니지만, 따뜻한 방에서 잘 수 있다는 것만으로도 이미 남궁설린에게는 기쁜 일이었다.

"여기서 잠깐만 휴식! 한 시진 후에 다시 출발하겠다!"

그때, 진시진의 목소리가 들려왔다.

상행에 있어서는 진시진이 모든 것을 결정한다.

진시진의 목소리가 들리자 상인들은 일제히 짐을 풀어놓고 걸음을 멈추었다.

백태진은 진시진이 이런 산길에서 행군을 멈추고 휴식을 하려고 하자 조금 걱정스러웠다.

산길은 되도록 빨리 벗어나는 것이 좋다. 적에게 기습을 당하기 딱 좋은 장소이기 때문이다.

특히나 이런 곳에서 싸우는 데 특화된 산적들을 만나게 된다면 싸우는 것은 더욱더 힘들었다.

그래서 백태진은 산적들을 만나기 전에 어서 빨리 산길에서 벗어나는 것이 좋다고 생각했다.

"이런 곳에서 휴식이라니, 산길은 적에게 기습받기에 딱 좋은 곳이오. 어서 빨리 벗어나는 것이 좋지 않겠소?"

백태진이 진시진에게 다가가 자신의 의사를 말했다.

그러자 진시진은 백태진에게 무슨 걱정을 그렇게 하느냐는 듯이 웃으면서 말했다.

"산적이라는 것이 그렇게 쉽게 나타나는 것이 아닙니다. 그리고 이곳엔 백 공자가 있지 않습니까? 산적이 나타난다면 오히려 그들이 제 무덤을 파러 오는 것과 같을 것입니다."

진시진의 말에는 백태진에 대한 신뢰가 그득했다. 부담스러울 정도로.

그 이유는 지금까지 산적의 습격이 두 번 정도 있었는데, 그때마다 백태진이 활약하여 단숨에 물리쳤기 때문이다.

진시진은 이번에도 산적이 나타난다면 백태진에게 모든 것을 맡겨 버릴 생각인 듯 이미 천하태평이었다.

"나를 신뢰하는 것은 고맙지만 조심해서 나쁠 것은 없소."

"이미 산길을 오르느라 부하들도 많이 지친 상태입니다. 이런 상황에서는 오히려 지나친 행군이 더 독이 되죠. 제 말도 틀린 것은 아니지 않습니까?"

"……."

진시진은 더 이상의 행군을 할 의사는 보이지 않았다.

결국 백태진은 진시진을 설득하는 것은 그만두고서 다시 남궁설린의 곁으로 돌아왔다.

"가가, 무슨 얘기를 나누고 오셨는데 그렇게 표정이 어두우세요?"

"아닙니다. 설린 소저도 힘들 텐데 어서 쉬시죠."

그때였다. 갑자기 어디선가 한 상인의 비명 소리가 흘러나왔다.

"적습이다!"

그 소리와 동시에 휴식은 끝이 나고 상인들은 일제히 무기를 들었다.

“불길한 생각은 잘도 들어맞는군…….”

백태진이 적습을 조심하라고 진시진에게 말한 지 불과 일각 만에 적이 나타났다.

백태진은 고개를 저으며 검을 뽑았다.

“설린 소저.”

“네, 가가. 아무래도 적은 삼십 명 정도 되는 것 같네요. 그런데 이번 적은 뭔가 다른 것 같아요. 이 기운은… 적은 상당한 고수들입니다!”

백태진도 이미 그 사실을 깨닫고 있었다.

이미 속수무책으로 상인들이 당하는 것만 보아도 적들이 평범하지 않다는 것은 알 수 있었다.

전투는 이미 벌어져 있었다. 백태진과 남궁설린과는 떨어진 곳에서 나타난 산적들은 상단의 휴방을 급습하여 상인들을 베어 넘겼다.

그 속도는 가히 신속에 가까울 정도로 재빨랐다.

상인들도 이류지만 무공을 배웠다.

그런 자들이 이렇게나 쉽게 무너지는 것은 적의 수준이 상당한 경지에 이르렀다는 것을 알 수 있었다.

‘평범한 산적이 아니군.’

적들의 움직임은 산적보다는 훈련받은 무인의 움직임과 매우 흡사했다.

불길한 예감이 백태진의 뇌리를 달렸다.

‘설마, 이번 적들은 나를 노리고서?’

갑작스런 실력자들의 습격. 백태진은 이런 자들이 상행을 습격할 이유가 하나밖에 떠오르지 않았다.

그들은 상단이 아닌 백태진을 노리는 것이다.

그리고 만약 그것이 사실이라면 저들의 목적은…….

‘건미검!’

이자들도 전에 백태진을 습격했던 마진과 한패라면 습격의 이유는 하나뿐이었다.

‘결국 우려하던 일이 벌어졌군.’

적은 그때보다도 전력이 더 강한 것 같았다.

“설린 소저, 조심하십시오.”

“네, 가가도요.”

백태진은 남궁설린의 뒤편을 노리던 적을 단칼에 베어버렸다.

백태진은 최대한 남궁설린을 보호하며 싸우기로 했다.

설령 동북상단의 사람들이 모두 전멸해도 남궁설린을 죽게 할 수는 없었다.

“설린 소저, 내 곁에서 떨어지지 마십시오.”

“…알겠습니다.”

보통이라면 백태진의 이 말에 가슴이 떨려왔겠지만, 상황이 상황인 만큼 남궁설린은 떨림보다는 긴장감이 더 느껴졌다.

‘속전속결로 끝낸다.’

백태진은 그렇게 생각하며 검에 검기를 둘러 적을 베어 나갔다.

그런데 그때 적들에게도 변화가 생겼다.

“……!”

상인을 베어 넘기던 적이 상행 중간에 있던 백태진과 눈이 마주쳤다. 복면 안에서 날카로운 눈빛이 발해졌다.

그가 손을 뻗었다. 그것이 신호였는지 적들의 검이 일제히 빛나기 시작했다.

슈욱!

그들의 검에서 검기가 뻗어 나왔다.

백태진의 표정이 일변했다.

검기를 사용한다는 것은 적어도 일류에 근접했다는 의미였다.

‘일류에 근접한 자가 서른 명은 족히 된다고? 도대체 이 검을 노리는 곳은 얼마나 큰 세력이란 말인가!’

챙—!

백태진의 검과 적의 검이 서로 맞부딪혔다.

똑같은 검기가 둘러진 검이었지만 두 동강 난 것은 적의 검이었다.

검에 실린 내공의 양과 순수함이 백태진 쪽이 훨씬 더 뛰어났기 때문이다.

　백태진은 이미 일류를 뛰어넘어 초절정에 이른 실력이다. 초절정이 내뿜는 검기와 일류가 내뿜는 검기는 하늘과 땅만큼의 차이가 있었다.

　"윽!"

　백태진의 검에 검이 두 동강 나버린 적은 단말마와 함께 그대로 절명했다.

　백태진은 적을 베고서 곧바로 또 다른 적을 찾아 움직이려 했다. 하지만 남궁설린으로 인해 움직임에 제약이 있었다.

　그것을 알아챈 적들이 일제히 둘의 주변을 둘러쌌다. 실력으로 되지 않는다고 판단하여 수로 압도하려는 것이다.

　정교한 움직임으로 열 명의 적이 백태진을 향해 검을 휘둘렀다.

　"소저, 몸을 낮추십시오."

　백태진의 몸이 하늘 위로 높게 떠올랐다. 그와 동시에 폭풍이 백태진의 주변으로 거세게 일어났다.

　그 폭풍은 백태진에게 달려들던 열 명의 적을 집어삼켰다. 폭풍에 휩쓸린 적들은 몸에 검상을 남긴 채로 멀리 튕겨져 나가 버렸다.

　질풍도양으로 일으킨 백태진의 검풍이 열 명의 적을 순식간에 집어삼킨 것이다.

　하늘 위로 높게 떠오른 백태진은 공중에서 아래를 둘러보았다.

　이미 시체가 된 상인들이 많이 보였다. 남은 생존자보다 적들의 수가 더 많았다. 아까 백태진이 적들을 쓰러뜨려서 겨우 수가 엇비슷해지긴 했다.

　멀리서 진시진도 적들의 공세에 고전을 면치 못하는 것이 보였다.

　'서두르지 않으면 동북상단이 전멸하겠군.'

　그래도 그간에 동행해 온 것이 있어서 동북상단을 전멸하게 놔둘 수는 없었다.

　바닥에 발을 디딘 백태진이 남궁설린의 손을 잡아 적들이 닿지 않는 상행 마차 뒤쪽으로 끌고 갔다.

　"여기 계십시오. 적극적으로 나서지 말고 다른 상인들을 보호하는 수준으로만 싸워주십시오."

　"하지만 가가는……!"

　"금방 돌아올 겁니다."

　대답을 기다리지 않고 백태진이 움직였다.

　그가 다음 적을 베기 위하여 몸을 날렸다.

　그런데 그때, 허공으로 떠오른 백태진의 곁으로 누군가가 쏜살같이 다가왔다.

　갑작스러운 살기에 백태진은 살기가 느껴지는 곳으로 검을 들었다.

　쿵!

　묵직한 기운이 백태진의 검에 직격했다.

"네가 백태진이냐."

백태진과 검을 맞부딪힌 사내가 입가에 광적인 미소를 지으며 말했다.

'이 녀석이 아무래도 이 무리의 대장인 것 같군.'

백태진은 눈앞의 사내와 일격을 나눈 것만으로 그 사내의 역량을 대충은 알 수가 있었다.

공중에서 서로 일격을 나눈 두 사람은 조금 떨어져 지상에 착륙했다.

전장의 한중간에서 두 사내가 서로 대치했다.

"네 목적은 역시 이 검인가?"

백태진이 사내에게 건미검을 내보이며 말했다.

"귀령검, 잘 알고 있군."

"네게 이 검을 가지고 오라고 지시한 사람은 누구지?"

"그걸 내가 곧이곧대로 말할 거라고 믿고서 질문한 것이냐?"

"……."

백태진도 사내가 대답할 것이라고 기대하지는 않았다.

백태진은 건미검, 아니, 귀령검을 다시 허리에 찼다.

"이건 넘겨줄 수 없다."

"그렇게 말할 줄 알았지. 원래 힘으로 빼앗아가려고 생각하고 온 것이다."

백태진은 생각했다. 자신의 추측이 맞다면 눈앞의 사내도 십마두의 무공 중 하나를 사용할 것 같았다.

'이번에는 도를 사용하는군. 십마두에서 도를 사용하는 인물이 누가 있더라?'

백태진이 십마두의 인물들을 생각하고 있을 때, 사내는 백태진이 생각할 시간을 주지 않으려는 듯 빠르게 달려나와 도를 휘둘렀다.

백태진은 사내의 연격을 받아내면서 사내의 공격에서 빈틈을 찾아내려고 하였다.

하지만 아무리 빈틈을 찾으려고 하여도 쉽게 발견되지 않았다.

'굉장한 실력자다. 길게 끌었다가는 위험하겠어.'

백태진은 그렇게 생각하며 검에 검기를 둘렀다.

그의 검에서 쾌속무형검 초식 중 십형차검이 발현됐다.

그런데 그때, 백태진의 눈앞에서 도저히 믿을 수 없는 광경이 펼쳐졌다.

백태진의 공격에 사내는 비릿한 웃음을 짓더니 백태진의 십형차검을 향해 도를 휘둘렀다.

파직!

놀라운 것은 사내의 도에 뇌전이 둘러져 있다는 것이었다.

사내의 도에서 뿜어져 나온 뇌전이 단숨에 백태진의 십형차검을 집어삼켰다.

"큭!"

백태진은 뇌전의 위력에 뒤로 밀려날 수밖에 없었다.

사내의 뇌전에 온몸이 찌릿찌릿한 것만 같았다.

"뇌전이라고……?"

사내의 도에 둘러진 뇌전을 보자마자 백태진의 머릿속에 떠오르는 인물이 한 명 있었다.

현 무림에서 뇌전 무공을 사용하는 인물은 두 명이 존재했다.

한 명은 정파 쪽의 인물로, 이 사람에 대해서는 알려진 것이 별로 없었다.

하지만 다른 한 명은 유명했다.

마교의 인물로서, 그도 역시 십마두 중 하나.

바로 허진이라는, 무림에서는 유명인이었다.

허진의 별호는 뇌마도(雷魔刀)로, 그에 걸맞게 뇌기를 머금은 도공을 사용한다.

그가 도를 휘두를 때마다 그의 도에서 뿜어져 나온 뇌기가 모든 것을 쓸어버린다.

그래서 그의 무공에 붙여진 이름이 천뢰벽력도(天雷霹力刀)이다.

뇌마도를 만나면 무조건 도망가라는 말까지 생겨나게 되었으니, 그의 강함이 얼마나 대단한지 상상조차 할 수 없었다.

그런 뇌마도의 무공이 백태진의 눈앞에서 펼쳐졌다.

백태진은 정말로 감전된 것만 같은 기분이 들었다.

'이건 정말로 뇌마도의 천뢰벽력도인가? 적풍폐천검을 사용하던 것도 그렇고, 이번에는 천뢰벽력도라니. 도대체 내가 상대하는 녀석들의 정체는 누구란 말이지?

십마두의 무공을 사용하는 인물이 이렇게나 줄줄이 나오면 이젠 웬만한 일에 놀라지도 않을 것 같았다.

십마두의 무공이 어디에 쉽게 굴러다니는 삼류무공도 아니고, 구할 수 있다고 구해지는 것도 아니다.

적마검의 입을 통해, 백태진이 싸웠던 마진이 그의 제자가 아니라는 사실을 알 수 있었다.

그러면 적마검을 통해서가 아니라 다른 경로로 적풍폐천검을 습득했다는 결론이 나온다.

'혹시 십마두의 무공이 모두 유출되었다는 것인가……?

그렇다면 백태진을 노리는 세력은 적어도 마교와 연관된 곳이라는 생각이 들었다.

그렇지 않고서야 십마두의 무공을 이렇게까지 사용할 수 있을 리가 없었다.

"나의 번개에 혼이 나가 버린 모양이군."

백태진이 침묵하며 가만히 서 있자 사내가 만족스러운 듯이 웃으면서 말했다.

"나의 이름은 마용! 너의 목을 벨 자다."

"내 목은 누구에게나 쉽게 줄 만큼 싸구려가 아니다. 특히 십마두의 무공을 따라하는 가짜에게는 더욱더.”

“가짜라고? 지금 가짜라고 말했나? 내 무공이 어디가 가짜라는 말이지!”

백태진의 말에 마용은 화가 단단히 난 듯했다.

마용의 소리치자 마용의 주변에 세찬 뇌전이 일어났다.

하지만 백태진은 도발을 멈추지 않았다.

“그게 어떻게 네 무공이라는 것이냐? 천뢰벽력도의 주인은 십마두의 허진이다. 결코 네가 넘볼 만한 것이 아님을 정녕 모르는 것이냐?”

“내가, 내가 진짜다! 허진 따위는 죽여 버리고 나만이 유일한 천뢰벽력도의 사용자가 되면 된다……!”

“아무리 그렇게 하더라도 너는 결코 진짜가 될 수 없다. 평생 너는 남의 무공을 훔쳐 배운 도둑놈으로 살아야 할 것이다.”

“네 녀석이!”

백태진의 도발에 넘어간 마용은 뇌전을 두른 도를 들고서 백태진을 향해 달려들었다.

“으아아—!”

마용은 백태진과 제법 떨어진 거리에서 도를 휘둘렀다.

뇌전 세 줄기가 백태진을 향해 매섭게 달려들었다.

‘뇌전을 막을 수는 없다.’

뇌전을 검으로 막았다가는 그대로 감전되기 십상이다. 결국 백태진은 마용의 공격을 모두 피할 수밖에 없었다.

백태진이 설상무형보를 펼치며 뇌전을 피하자, 뇌전은 백태진이 서 있던 곳에 충돌했다.

콰과광!

연속된 폭음이 울렸다.

조금 전만 해도 백태진이 서 있던 곳은 검게 그을린 채 파헤쳐져 속살을 드러내고 있었다.

가짜라고는 하지만 그 위력만큼은 진짜였다.

“언제까지고 피할 수 있을 거라고 생각하느냐!”

마용은 광기로 가득한 웃음을 남발하며 도를 휘둘렀다. 마용이 도를 휘두를 때마다 천지를 울리는 굉음이 들리면서 뇌전이 뿜어져 나왔다.

“가가!”

그 모습을 지켜보던 남궁설린은 백태진을 도와서 마용을 공격하려고 하였다.

하지만 곧바로 다른 적들을 상대하느라 신경을 쓸 여유는 없어지고 말았다.

쾅! 쾅—!

백태진은 뇌전을 아슬아슬하게 피하면서 계속해서 몸을 움직였다.

인간이 번개의 속력을 따라갈 수 없었다. 백태진은 다리에 모든 내공을 쏟아붓고서 마용의 공격을 피하고 있는 것이다.

그렇게라도 하지 않는다면 뇌전을 피할 리가 만무했다.

"계속 쥐새끼처럼 피해 다닌다고 어떻게 될 줄 아느냐! 포기하고 나의 번개에 먹혀 버려라! 크하하하!"

분하지만 마용의 말이 맞았다.

이렇게 계속해서 피해 다닌다고 뭔가가 해결되는 것은 아니었다.

결국 공격을 하지 않으면 언젠가 쓰러질 사람은 백태진이었다.

'할 수 없군. 조금 무리를 해서라도 그 수를 쓰는 수밖에.'

계속해서 번개를 피해 다니던 백태진은 갑자기 자리에 멈춰 서서 마용을 향했다.

"크하하하! 드디어 죽을 결심을 한 모양이구나! 나의 천뢰벽력도의 먹이가 되어라!"

마용은 제자리에 멈춰 선 백태진을 향해 도를 크게 휘둘렀다.

그러자 지금까지와는 비교도 할 수 없을 정도의 거대한 다섯 줄기의 번개가 백태진을 향해 매섭게 날아갔다.

백태진은 자신에게 다가오는 번개를 향해 자세를 낮추면서 검을 쥔 오른손을 뒤로 살짝 물렸다.

그러자 백태진이 쥔 검에서 지금까지와는 비교도 할 수 없을 정도의 순수한 푸른빛이 감돌았다.

마치 백룡검에 담긴 푸른빛을 모두 쏟아내려는 듯, 백태진이 마용을 향해 검을 찔러 넣었다.

"비룡신쟁(飛龍神鎗)!"

백태진의 외침과 동시에 마용을 향해 찔러 넣었던 검에서 푸른빛이 쏟아져 나왔다.

그 푸른빛은 마용의 번개를 집어삼켜 버렸다.

"어떻게……!"

하지만 그것만으로 백태진의 검에서 발산된 푸른빛은 멈추지 않았다.

마용의 번개를 집어삼키고서 더욱더 거세게 길어져 뻗어나갔다.

그 빛이 곧바로 마용의 코앞까지 다가왔다.

"……!"

푹—!

"끄아아악—!"

푸른빛으로 이루어진 검날은 마용의 복부를 관통하여 지나갔다.

마용은 푸른 검날에 몸이 관통된 상태로 도저히 믿을 수 없다는 표정을 지었다.

"어떻게, 이건 도대체……?"

마용은 아직도 자신이 왜 피를 흘리고 있는지 이해할 수 없다는 눈치였다.

"비룡신쟁, 이것이 검기를 극한까지 끌어올린 형태다. 이건 그 누구의 도움도 받지 않고서 내가 만들어낸 독자적인 기술이지."

"……."

"이런 것을 진짜라고 한다. 알겠냐, 가짜."

비웃음 가득한, 그러나 자부심마저 느껴지는 백태진의 한마디.

마용의 입에서 울컥 피가 솟아 올라왔다. 불의에 당한 일격은 단숨의 그의 내부를 진탕해 놓았다.

"결국 가짜는 진짜를 이길 수 없다는 말인가……."

마용의 고개가 떨궈졌다.

마용이 절명하자, 그의 몸을 꿰뚫었던 푸른 검날의 길이가 점점 줄어들어 소멸됐다.

"하아하아……."

백태진은 힘이 드는 듯 거칠게 숨을 몰아 내쉬었다.

비룡신쟁은 확실히 적의 허를 찌를 수 있는 좋은 기술이지만, 그만큼 많은 내력이 소모된다.

백태진은 갑작스런 현기증이 일어났다. 내공을 과다하게 사용하면 생기는 증상이었다.

'아직 이 기술은 조절할 필요가 있는 것 같다……. 내공이 너무나도 소모돼. 이래서는 실전에 자주 사용할 수가 없어.'

미완성의 기술이지만 이 정도의 위력을 내보였다.

만약 이 기술이 완성된다면 얼마나 대단한 위력을 펼칠지는 그 누구도 장담할 수 없었다.

백태상도 백태진의 비룡신쟁을 보고서는 혀를 내두를 정도였다.

그때였다. 지쳐서 주변을 살피지 못하는 백태진의 후위로 아직 남아 있는 적의 잔당이 공격을 해왔다.

하지만 남궁설린이 바람처럼 나타나 적을 베고서 쓰러지려는 백태진을 부축했다.

"가가, 괜찮아요?"

"조금 힘들군요. 적을 쓰러뜨리고도 이 지경이라니. 이건 승리라고 할 수도 없겠습니다."

"아니에요! 정말로 굉장한 싸움이었어요. 역시 가가는 강한 사람이에요."

"……."

백태진은 남궁설린의 부축을 풀고서 억지로 혼자서 섰다.

"어서 적의 잔당을 해치우도록 합시다."

백태진은 이번 습격이 자신의 탓이란 것을 알고 있었다. 자신이 없었더라면 싸늘한 시체가 된 사람도 죽음을 면할 수 있었을 것이다.

하다못해 살아남은 사람들이라도 살리기 위하여, 백태진은 성한 몸이 아님에도 불구하고 검을 들었다.

'이게 나의 유일한 속죄이다…….'

백태진은 희생이 더 생기기 전에 남은 잔당을 처리하려 하였다.

"가가, 무리하지 마세요."

"괜찮습니다."

백태진은 괜찮다는 듯이 남궁설린에게 미소를 짓고서는 적을 향해 달려나갔다.

"…가가, 당신의 강함은 도대체 어디까지일까요. 저도… 가가의 등 뒤를 맡고 싶은데 도저히 어디까지 강해져야 그럴 수 있을지… 그 끝이 보이지가 않네요."

다시 적과의 싸움을 시작하는 백태진을 보며 남궁설린은 쓸쓸하게 중얼거렸다.

第六章
마주침

혈투의 끝은 참혹했다. 살아남은 몇몇 이는 다친 몸으로 바닥에 널브러진 시체들을 땅에 묻고 있었다.

방금 전의 혈투가 참혹했다는 것을 알려주기라도 하듯 바닥은 피로 붉게 물들어 황토가 된 것만 같았고, 나무들은 반쯤 부러지거나 형체를 알아볼 수 없었다.

백태진은 과도한 내공의 사용으로 인한 피로 때문에 바위 위에 앉아 쉬고 있었다.

그 옆에는 남궁설린이 백태진을 걱정스러운 눈빛으로 보고 있었다.

"가가, 물이라도 가지고 올까요?"

“아니, 괜찮습니다. 이 정도는 조금만 있으면 다시 원래대로 돌아올 수 있습니다.”

남궁설린은 백태진을 위해서 하다못해 무릎 위에 눕게 해주고 싶었지만, 백태진은 그 모든 것을 거절했다.

‘한 번쯤은 내게 의지해도 괜찮을 텐데……’

백태진의 그런 모습이 평소에는 듬직하게 보일지도 모르지만, 지금 같은 상황에서는 야속하게만 느껴질 뿐이다.

“몸은 좀 괜찮으십니까?”

그때, 시체의 처리를 지휘하던 진시진이 백태진의 앞으로 다가와 물었다.

“조금만 쉬면 괜찮아질 것 같습니다.”

“그거 다행이군요. 반 시진 후에 다시 행군을 시작할 테니 준비해 주십시오.”

“곧바로 출발할 생각이오?”

“네, 그럴 생각입니다. 예상 못한 싸움으로 시간이 너무 지체되었습니다. 서두르지 않으면 제때에 물건을 납품하지 못할 수도 있습니다.”

그래도 백태진은 곧바로 출발하는 것이 내키지가 않았다.

상단의 단주로서 피해를 입더라도 상행을 완수하려는 진시진의 의기는 높이 살 수 있었다.

하나 전투로 인한 피해를 어느 정도 회복하지도 못했고, 무엇보다 상인들의 사기가 많이 침체되어 있었다.

　그도 그럴 것이 아까까지 함께 걸으면서 얘기를 나누던 동료들이 눈앞에서 싸늘한 시체가 되었다.

　그런 상황에서 기분이 좋을 사람이 있다는 것이 이상한 것이다.

　백태진은 여기서 야숙을 하게 되더라도 휴식의 시간을 가진 후에 출발해야 한다고 생각했다.

　"곧바로 출발하는 것은 좋지 않다고 생각하오. 차라리 조금 쉬었다가 출발하는 것이 더 효율적일 것 같은데. 지금 곧바로 출발해서 얼마나 더 가겠소?"

　"백 공자님. 저희 상인들은 이런 경험이 많습니다. 여기서는 제 말을 따라주십시오."

　"도대체 어디에 이 많은 무기를 납품하길래 그렇게 서두르는 것이오?"

　"그건… 비밀입니다. 고객께서 비밀을 당부하셨습니다."

　"…그렇소."

　"그럼 조금 뒤에 예정대로 출발할 것이니 두 분께서는 그렇게 알아두십시오."

　진시진은 그렇게 말하고서 멀어져 갔다.

　진시진은 백태진에게 물건의 납품장소를 비밀이라고 말했지만, 백태진은 이 많은 무기가 어디로 향할지 대충 짐작이 되었다.

　'서장 근처에 이 정도의 무기들을 취급할 수 있는 곳은 마

교밖에 없다. 그런데 마교가 이렇게나 많은 무기를 준비하다
니, 설마 다시 전쟁을 일으키려는 생각인가.'

갑작스러운 무기의 구입. 그것이 뜻하는 것은 단 하나밖에
없었다.

전쟁의 준비.

전쟁을 치르기 위해서는 전력도 중요하지만, 그것보다 더
중요한 것이 보급이다.

보급이 제대로 되지 않는다면 전력은 절반 이하로 깎이기
십상이다.

지금 마교의 행동은 전형적으로 전쟁을 치르기 전의 준비
과정이었다.

'서둘러야겠군. 정말로 조금 있으면 세상이 난세가 되어버
리겠어.'

정마대전.

백태진은 곧 오십 년 전의 일이 다시 반복될 거라는 생각이
들었다.

*　　*　　*

그 이후로도 진시진은 무리한 행군을 계속했다. 그 덕분에
백태진은 보름 후에 서장에 진입할 수가 있었다.

그리고 그 이후로 이틀이라는 시간이 지났고 서장에서도

큰 도시인 일후(日後)에 도착했다.

"그럼 저희는 이곳에서 헤어져야 하겠군요."

일후에 도착하자, 진시진은 백태진에게 작별을 고했다. 원래 백태진이 진시진과 동행하기로 하는 것도 서장까지였으니, 여기서 헤어지는 것은 예정된 일이었다.

"그렇군요. 짧은 만남이었지만 지금까지 감사했습니다."

"저야말로 감사하죠. 두 분이 아니셨다면 저희 상단은 궤멸하고 말았을 겁니다."

그 습격이 백태진 때문이라는 것을 진시진이 알게 된다면 저런 말을 할 수 없을 것이다.

백태진은 굳이 진시진에게 그 습격이 자신 때문이라고 말하지 않았다.

말해봤자 백태진에게 해가 되면 되었지 득이 될 것은 없었기 때문이다.

"이건 약소하나 감사의 의미로 제가 드리는 것입니다."

진시진은 그렇게 말하면서 백태진에게 작은 주머니를 내밀었다.

백태진이 그것을 받아 열어보니 그곳에는 은자 십 냥이 있었다.

호위치고는 꽤나 많은 돈이었지만, 백태진 정도의 실력자를 고용한 것치고는 적은 돈이었다.

"이건 넣어두십시오. 이 돈은 필요 없습니다."

백태진은 진시진이 주는 돈을 정중하게 거절했다.

평소 같았으면 받았겠지만, 이번 사태는 백태진을 노리고 온 적들에 의해 생겨난 참사였다.

진시진은 그 사실을 몰랐지만, 그 사실을 알고 있는 백태진 본인은 그 돈을 받을 수 없었다.

'왜 그러시지?'

보통 돈을 받지 않는다면 상인으로서 좋아해야 할 일이었다. 하지만 이번엔 백태진에게 도움받은 것이 많았기 때문에 진시진은 백태진에게 꼭 보답을 해주고 싶었다.

"그러지 말고 받으십시오. 저도 이익을 따지는 상인이지만, 보답은 꼭 하고 싶습니다."

"그렇다면 그 돈을 죽은 상인들의 가족들을 위하여 써주십시오. 그게 저에 대한 보답입니다."

"정말 그걸로 괜찮겠습니까?"

"네."

진시진은 백태진의 의협심이 대단하다고 생각했다.

'요즘에도 이런 사람이 있구나……'

결국 진시진은 돈 주머니를 다시 품안에 넣었다.

"그럼 저희는 가보겠습니다. 다음에 또 만날 수 있으면 좋겠군요."

진시진은 마지막에 백태진에게 상인이 아니라 무인으로서 포권을 취했다.

백태진과 남궁설린도 진시진을 향해 포권을 취하여 예의를 갖추었다.

잠시 후, 근 한 달간을 동행했던 동북상단이 사라지고 백태진과 남궁설린, 둘만이 남았다.

"가가, 서장에 오기는 했는데 앞으로는 어떻게 할 거죠?"

"아, 설린 소저에게는 말하지 않았었나요?"

"네, 애초에 저는 갑작스럽게 동행을 하게 된 것이니까요."

백태진은 남궁설린에게 자신이 서장에 온 이유를 전부 말해주었다.

"정검삼협, 제 할아버지께서 그런 분이셨다니……."

"다시 정검삼협이 모이기 위해서라도, 나머지 한 분인 유세홍님을 찾아야 합니다."

"그런데 그분이 어디에 계시는지 아세요?"

"만고산이라고 들었는데, 문제는 만고산이 어디에 위치하는지 모른다는 것이군요."

백태진이 강호를 십 년 동안 돌아다녔다고 하지만, 만고산이라는 산은 처음 들어보았다.

"가가께서는 강호를 오랫동안 돌아다니셨잖아요."

"할아버지께서는 서장에는 무슨 일인지 잘 오시지 않으셔서, 사실 저도 서장의 지리는 잘 알지 못합니다."

"저는 가가께서 모든 것을 알고 계시는 줄 알았어요. 가가도 모르는 것이 있군요."

"당연한 말입니다. 세상의 모든 것을 아는 사람이 어디에 있을까요. 설령 황제라고 해도 세상의 모든 것을 안다고 말할 수는 없을 겁니다."

"그렇군요. 그럼 이젠 어떻게 하실 거죠?"

남궁설린의 말에 백태진은 잠시 생각에 잠겼다. 그리고 어쩔 수 없다는 듯이 말했다.

"모르면 물어야겠죠, 이 근처의 사람들에게 일단 물어봅시다."

"훗, 역시 그 방법밖에는 없겠네요."

남궁설린이 입을 가리면서 웃었다. 백태진도 웃으며 장난스럽게 말했다.

"설린 소저는 무슨 좋은 방법이 있을 것 같은데요?"

"으음, 연세가 많으신 분에게 물어보기……?"

남궁설린의 말에 백태진은 피식 웃음이 나왔다.

"뭐예요, 그게. 제가 말한 것이나 그거나 같잖습니까."

"그래도 오래 사신 분은 많은 것을 알고 계시니까 분명히 만고산에 대해서도 잘 알지 않을까 해서……."

남궁설린은 자신이 말해놓고도 조금 부끄러운 듯 얼굴이 붉어졌다.

백태진은 그런 남궁설린에게 부드러운 미소를 지으며 말했다.

"확실히 그 방법을 사용하면 더 빨리 만고산에 대해서 잘 알 수 있겠네요. 그럼 어르신들에게 물으러 가볼까요?"

"네!"

남궁설린은 백태진에게 도움이 된 것만 같아 밝게 웃으며 힘차게 대답했다.

*   *   *

"만고산? 그곳에 가는 것은 포기하는 것이 좋을 거야."

백태진과 남궁설린이 사람들에게 만고산에게 대해서 물어본 지 반 시진이라는 시간이 지났다.

그런데 하나같이 사람들의 입에서 나오는 소리란 전부 위와 같았다.

포기하는 것이 좋다는 것.

백태진이 그 이유를 물어보니 만고산은 만 년 전의 모습을 유지하고 있는 산이라고 한다.

그래서 그런지 그 산에 사는 동식물들은 정체를 알 수 없을 정도로 흉폭하거나 괴팍한 것들뿐이다.

그곳에 한번 들어가면 살아 나오기 힘들다는 것이 서장에 사는 사람들의 생각이었다.

"유세홍님은 그런 곳에 잘도 들어가 살고 계시는군……."

"그만큼 강하신 분이란 소리 아닐까요? 그런 곳에서 살려면 웬만큼 강하지 않고서는 살지 못할 텐데."

"그건 그렇겠지요. 우리 할아버지나 남궁태 어르신만 보더라도 그 무위를 가늠할 수가 없는데, 같은 정검삼협이신 유세홍님은 도대체 얼마나 강하실지."

그러나 문제는 백태진과 남궁설린이 유세홍만큼 강하지 않다는 것이었다.

사람들이 말하는 것만 본다면 그곳에 들어가려면 죽을 각오를 해야 할 듯했다.

"가가, 어떻게 하죠?"

"…어쩔 수 없습니다. 애초에 우리가 이곳에 온 이유가 유세홍님을 만나러 온 것이니 우리들이 찾아서 가야죠."

백태진은 그렇게 말하면서도 한숨이 나올 것만 같았다. 왜 굳이 유세홍이 그런 곳에 들어가서 은거하는지 원망스러울 정도였다.

"그래도 걱정이네요. 사나운 맹수들이 득실거리는 곳이라니."

남궁설린은 많이 불안해 보였다. 애초에 무공이 강하다고 해서 겁이 없는 것은 아니다. 남궁설린도 한 명의 여인이었다. 상상으로만 보았던 맹수들을 직접 본다고 생각하니, 온몸이 부들부들 떨려왔다.

백태진은 그런 남궁설린을 보고서 그녀를 안심시켜 주기 위해 입을 열었다.

"걱정 마십시오. 설린 소저는 무슨 일이 있더라도 제가 지킬 테니."

"가가……."

남궁설린은 백태진의 말에 조금 감동받은 듯 백태진에게
살포시 다가갔다.

"……."

'말은 그렇게 했지만 그곳엔 영물도 나온다는 소리도 있던
데. 하, 정말 첩첩산중이군.'

백태진은 자신에게 안 좋은 일들만 겹치는 것 같아 피곤해
졌다.

"그럼 오늘은 일단 숙소에서 하룻밤을 보내고 내일 만고산
으로 출발하도록 하죠. 다행히 이곳에서 말을 타고 이틀이면
만고산 자락에 도착할 수 있다고 합니다."

"네, 그렇게 해요."

백태진은 적어도 오늘 모든 피로를 풀려고 생각했다. 그런
데 그때, 백태진은 문득 남궁설린과 했던 약속이 생각났다.

'내가 설린 소저에게 선물을 하나 사준다고 했었지.'

지금이라면 그 약속을 지킬 수 있었다. 하지만 백태진은 어
서 숙소로 들어가 쉬고만 싶었다.

그러나 머릿속에 떠오른 생각을 모른 척하는 것도 할 수 없
었기에, 결국 백태진은 오늘 남궁설린과의 약속을 지키기로
결정했다.

"설린 소저."

“네, 가가?”

“그, 제가 저번에 설린 소저와 약속을 하나 했는데, 혹시 기억이 납니까?”

“아, 네, 기억나요.”

남궁설린이 그 약속을 잊을 리가 없었다. 남궁설린은 갑자기 백태진이 그 약속에 대해서 말을 꺼내어 의아해했지만 곧 약간의 기대감이 생겼다.

‘혹시 오늘 그 약속을 지키시려는 것일까?’

그런 생각을 하자, 남궁설린의 두 눈에 약간의 기대감이 비쳐졌다.

백태진은 시선을 조금 피하면서 말했다.

“저기, 설린 소저만 괜찮다면 오늘 그 약속을 지킬까 하는데……”

“저는 좋아요!”

“아, 그래요?”

‘정말로 기뻐하네. 이렇게나 기뻐할 줄 알았다면 진즉에 선물을 사주는 건데.’

백태진은 남궁설린이 기뻐하자 자기도 기분이 좋아졌다.

‘그래도 비싼 것을 사면 안 될 텐데.’

백태진은 자신의 수중에 돈이 얼마나 있는지 계산해 보았다.

아주 비싸지는 않더라도 그래도 근사한 선물을 사줄 수는 있을 듯했다.

"설린 소저는 어떤 선물을 받길 원하죠?"

"저는 다 좋아요. 가가께서 사주시는 것이라면."

"그렇습니까."

백태진은 난감했다. 차라리 뭐를 사달라고 말하면 그것을 사주면 될 텐데, 방금 전처럼 애매한 대답을 들으면 왠지 좀 더 비싼 선물을 사줘야 할 것만 같았다.

백태진이 생각한 선물의 가격은 은자 열 냥 이내였다. 하지만 방금 전 남궁설린의 말을 듣고서 좀 더 돈을 더 써야겠다는 생각이 들었다.

'설린 소저를 실망시키면 안 돼. 하지만 남궁세가에서 부족할 것 없이 살아온 설린 소저에게 무엇을 선물해야 기뻐한단 말인지.'

백태진은 심각한 고뇌에 빠져 있었다.

하지만 남궁설린은 백태진에게 그런 의도로 말한 것은 아니었다.

정말로 백태진에게 받는 것이라면 무엇이든지 기뻤다.

하지만 백태진이 잘못 받아들인 탓에 혼자서 심각한 고뇌에 빠진 것이다.

"끙, 설린 소저. 그럼 일단 무엇을 살지 돌아다녀 볼까요?"

"네."

백태진은 일단 돌아다녀 보면서 남궁설린에게 무엇을 사

줄지 생각해 보기로 하였다. 어쩌다가 꽤나 괜찮은 물건을 발견할 수도 있는 일이었다.

멀리서 두 사람의 모습을 본다면, 두 사람이 정말로 부자연스럽다는 것을 알 수 있었다.

남궁설린은 백태진과 함께 선물을 고른다는 것에 기뻐서 밝은 얼굴이었지만, 백태진은 남궁설린에게 무엇을 선물하면 좋을지 고뇌하고 있기 때문에 얼굴이 경직되어 있었다.

그래서 남궁설린이 물건을 보고서,

"와, 저거 예뻐 보여요."

라고 말하면 백태진은 일단 그 물건의 가격부터 확인했다. 그리고 그 물건의 가격이 괜찮은 수준이면 웃으면서 남궁설린의 말에 동의해 주었고, 그 물건이 비싸다면 바로 정색하며 어울리지 않는다고 말하였다.

그렇게 거리를 돌아다니다가 백태진은 남궁설린에게 물어보았다.

"설린 소저, 정말로 아무거나 좋아요?"

"네."

"그래도 뭔가 요구하는 사항이 있어야 저도 선물을 고르기가 수월할 텐데……."

"가가께서 그렇게 말씀하신다면… 저는 형태가 있고 오랫동안 간직할 수 있는 것으로 선물받고 싶어요."

"오랫동안 간직할 수 있는 것이라……."

남궁설린의 말을 듣고서 백태진의 머릿속에 떠오르는 것은 하나밖에 없었다.

'가락지나 목걸이를 선물해야 하는 것인가. 누님도 그렇고 여인들은 전부 그런 것만 좋아하나?'

백태진은 저번에 백설화에게 은가락지를 선물한 기억이 문득 떠올랐다.

확실히 가락지라면 남궁설린이 말한 조건에 모두 충족이 되었다.

'그래, 이번에는 목걸이로 하자. 목걸이라면 괜찮은 가격에 좋은 물건을 살 수 있겠지.'

백태진은 남궁설린에게는 백설화와 다른 물건을 선물해 주기로 마음먹었다.

"설린 소저, 목걸이는 어떻습니까."

"목걸이……. 저는 좋아요."

"음, 그럼 지금부터는 목걸이를 집중적으로 보도록 하죠."

"네."

백태진은 그렇게 말하고서 주변의 가게들을 살펴보았다.

그러다 문득 여러 종류의 목걸이를 전시해 놓은 가게를 발견할 수 있었다.

"저곳에서 골라보죠."

백태진은 남궁설린을 이끌고서 목걸이가 전시된 가게로 향했다.

“어서 오세요. 손님.”

“목걸이 좀 구경해도 괜찮겠습니까?”

“당연하죠. 마음껏 구경하세요.”

백태진은 전시된 목걸이들을 보느라 눈알이 쉴 새 없이 굴러갔다.

“설린 소저는 이 중에서 마음에 드는 것이 있습니까?”

백태진의 말에 남궁설린도 목걸이를 일일이 보면서 확인했다.

“저는 가가께서 골라주시면 좋겠어요.”

“내가 직접?”

“네.”

“음…….”

백태진에게 또 다른 난관이 닥쳐왔다.

자신의 미적 감각으로 고른 목걸이를 남궁설린이 마음에 들어 할지가 조금 걱정되었지만, 일단 가장 예쁘다고 생각되는 목걸이를 골랐다.

백태진이 고른 목걸이는 평범한 가죽 끈에 유리로 아름답게 꽃이 세공되어 있었다.

“이거는 어때요?”

“좋아요.”

“…정말로 좋아요?”

“네, 정말로 좋아요.”

본인이 좋다고 말하는데 아니라고 추궁할 수도 없었다.

백태진은 주인장에게 목걸이의 가격을 물어보았다.

"은자 두 냥입니다."

생각보다 가격이 싼 탓에 백태진은 자신도 모르게 안심했다.

그렇게 남궁설린에게 목걸이를 선물하고서 두 사람은 다시 거리로 나왔다.

백태진은 남궁설린이 선물을 정말로 마음에 들어하는지 확인하기 위해서 살짝 눈치를 보았다.

남궁설린은 백태진이 사준 목걸이를 손에 들고서 내려다보고 있었다.

'왜 착용하지 않지? 마음에 안 드는 것을 억지로 마음에 든다고 말한 것인가?'

백태진은 결국 남궁설린이 목걸이를 착용하지 않는 것이 신경 쓰여 물어보았다.

"설린 소저, 목걸이를 착용하면 잘 어울리겠어요."

백태진은 결국 간접적으로 빙 둘러서 남궁설린에게 말하였다.

즉, 어울리니까 목걸이를 착용하라는 뜻이었다.

그러자 남궁설린은 머뭇거리며 백태진에게 말했다.

"저기, 가가께서 직접 제게 목걸이를 걸어주시면 안 되나요?"

“제가 직접 말입니까?”

“네.”

“안 될 거야 없지요.”

백태진의 말에 남궁설린은 활짝 웃으며 기뻐했다.

‘그러고 보니 설화 누님에게 가락지를 사줬을 때도 이랬었지. 여인들은 직접 장신구를 착용하지 않는구나.’

백태진은 오늘 큰 깨달음을 얻을 수 있었다.

사실은 그런 것이 아니지만.

“자, 됐습니다.”

어느새 목걸이는 남궁설린의 목에서 햇빛을 받아 아름답게 빛나고 있었다.

“고마워요, 가가. 평생 간직할게요.”

“하하, 말만이라도 고맙습니다.”

남궁설린이 기뻐하는 모습을 보자 백태진도 기분이 좋아지는 것 같았다.

“그럼 이제 숙소를 찾아볼까요?”

“네.”

그때였다.

“뭐라고요?! 이게 얼마라고?!”

갑자기 어디선가 여인의 목소리가 크게 들려왔다.

음성이나 말투로 보아, 누군가와 말싸움을 하고 있는 것 같았다.

백태진은 자연스럽게 소리가 들린 쪽으로 시선을 돌렸다.

그러자 한 무기상에서 그곳의 주인인 듯한 중년인과, 단발머리에 무복을 입은 여성이 말다툼을 하고 있었다.

백태진은 그 여성을 보는 순간, 쉽게 눈길이 떨어지지 않았다.

그 여성의 얼굴이 아름다워서가 아니었다. 물론 아름답기는 했지만, 남궁설린이 옆에 있는데 웬만한 여인이 아름답게 보이지는 않았다.

그 이유는 단발머리의 여성이 어깨에 엄청난 양의 짐을 메고 있었기 때문이다.

흡사 전쟁 때문에 피난을 가는 것만 같았다.

"그러니까! 이게 어째서 은자 스무 냥이나 하는 거냐고요! 이 정도 재질의 검은 은자 다섯 냥이면 충분한 가격이에요!"

"내가 만든 검을 내가 알아서 판다는데 아가씨가 무슨 참견이야! 사기 싫으면 관둬!"

꽤나 떨어진 거리인데도 두 사람의 대화는 백태진의 귀에다 들려왔다.

보아하니 검의 가격 때문에 싸우는 것 같았다.

"가가, 왜 그러세요?"

"아, 그냥 잠시 소리가 들려서 눈길이 갔군요. 그런데 제가 봐도 저 검의 가격은 은자 다섯 냥이면 충분한 것 같은데……"

“그렇게 좋아 보이는 검은 아니네요.”

“설린 소저, 같은 무인으로서 잠시 저 소저를 도와주고 와도 괜찮겠습니까?”

“굳이 그렇게까지 할 필요는 없을 것 같은데…….”

남궁설린으로서는 백태진이 다른 여자를 쳐다보는 것이 썩 좋지는 않았다.

백태진이 생전 처음 보는 여자를 도와주겠다고 말하자 그 기분은 더해졌다.

“검을 정당한 가격에 팔지 않는 것이 마음에 들지 않아서 그렇습니다.”

“그렇게까지 말하신다면…….”

결국 남궁설린은 백태진이 단발머리의 여인을 도와주는 것을 허락했다.

남궁설린에게 동의를 얻은 백태진은 무기상으로 다가갔다.

“그 소저의 말대로 그 검은 은자 다섯 냥이면 충분할 것 같군요.”

갑자기 백태진이 나타나자, 주인장과 단발머리의 여인이 백태진을 쳐다보았다.

“아? 당신은 또 누구시오?”

“지나가던 행인입니다. 두 분께서 언쟁하시는 것을 듣고서 조금 참견을 하러 왔습니다.”

“괜한 참견 마시오. 누가 뭐라고 해도 내 검은 내가 알아서 팔 것이오.”

“잠시 검 좀 볼 수 있습니까?”

백태진의 말에 주인장을 짜증을 냈다.

“참견 말라니까. 내 검에는 아무 문제가 없단 말이오. 저 아가씨가 괜히 트집을 부리는 거요.”

“뭐라고요? 내가 무슨 트집을 잡는다고 그래요!”

또다시 두 사람이 서로를 향해 으르렁거리자, 백태진은 일단 말리고서는 주인장을 향해 말했다.

“검에 아무 문제가 없다면 잠시 보는 것도 문제가 없을 겁니다. 보여주시지 않겠다는 것은 검에 무슨 문제가 있어서 숨기는 걸로밖에 보이지 않습니다.”

“크으, 좋아! 얼마든지 보시오. 무슨 문제라도 있소?”

결국 주인장은 백태진에게 검을 보여주었다.

백태진은 주인장에게서 검을 받아 들고는 유심히 검을 살펴보았다.

“어떻소! 아무런 흠도 잡지 못할 것이오!”

“여기, 자세히 보면 검에 조금씩 균열이 가 있습니다.”

“뭐라고, 그럴 리가!”

백태진의 말에 주인장은 허겁지겁 검을 들여다보았다.

그러자 백태진이 가리킨 곳에 정말로 자세히 보지 않으면 볼 수 없을 정도로 미세한 균열이 있었다.

“이렇게 균열이 있으면 검이 쉽게 부러져 버리죠. 그리고…….”

백태진은 계속해서 그 검의 단점들을 말했다.

주인장은 백태진의 말을 듣고서 화가 났지만 반박할 수 없었다. 왜냐하면 전부 사실이었기 때문이다.

“알았어! 알았어! 은자 다섯 냥에 팔 테니까!”

“은자 다섯 냥도 아깝습니다. 비싸게 쳐 줘도 은자 세 냥입니다.”

“으…….”

백태진의 말에 주인장은 거의 눈물을 흘릴 듯이 울상을 지었다.

결국, 주인장은 단발머리 여인에게 은자 세 냥에 검을 팔았다.

“고마워요. 덕분에 검을 싸게 살 수 있었어요.”

“아닙니다. 저도 검을 제 가격에 팔지 않는 것이 마음에 들지 않았을 뿐입니다. 그런데 저는 그 검보다 더 좋은 검을 쓰는 것을 권장합니다. 그 검도 나쁘지는 않지만 아까 말했듯이 균열이 심해서 쉽게 부러질 것 같거든요.”

“괜찮아요. 제가 검을 거칠게 쓰는 편이라서 잘 부러뜨려요. 언젠간 부러질 건데, 조금 일찍 부러져도 상관은 없어요.”

가까이에서 본 단발머리의 여인은 멀리서 보았을 때보다

어려 보였다.

백태진보다 두세 살 정도 어린 나이. 아직 소녀라고 불러도 될 것 같았다.

"그런데 소저는 무슨 짐이 그렇게나 많은 것이죠?"

"아, 이 짐들이요? 사실 제가 사부님과 함께 산에서 살고 있는데 이렇게 한 번씩 내려와서 필요한 물건들을 한꺼번에 사가지고 산으로 돌아가는 편이에요. 그래서 짐이 많은 것이에요."

"아, 그렇군요."

"참, 맞다. 그리고 보니 사부님이 저를 애타게 기다리겠네요. 그럼 이만 가보겠습니다. 도와주셔서 감사했습니다."

"살펴가십시오."

백태진은 단발머리 여인과 포권을 취하고서 헤어진 뒤 남궁설린에게 돌아왔다.

"왜 그렇게 오래 걸리셨어요?"

"네? 그게 무슨 소립니까?"

백태진이 오자마자 남궁설린은 남편을 추궁하는 부인처럼 백태진을 쳐다보았다.

"아까 보니까 그 여인과 즐겁게 얘기를 나누던 것 같은데……."

"아, 그냥 소저에게 감사인사를 받고 그 짐들에 대해서 물어보았습니다."

"……."

백태진은 사실대로 말했으나, 그래도 남궁설린은 뭔가 불만스러워 보였다.

"…내가 뭔가 잘못했습니까?"

남궁설린의 기분이 나빠 보이자 백태진이 조심스럽게 입을 열었다.

그러자 남궁설린은 살짝 콧방귀를 뀌며 말했다.

"전혀요. 어서 숙소로 가죠."

남궁설린은 그렇게 말하고서 먼저 걸어갔다.

"설린 소저! 같이 갑시다!"

'아까까지만 해도 기분이 좋았었는데, 하, 여자의 마음은 알기가 힘들구나.'

백태진의 마지막 깨달음, 그건 여자의 마음은 갈대와 같다는 것이었다.

第七章
만고산

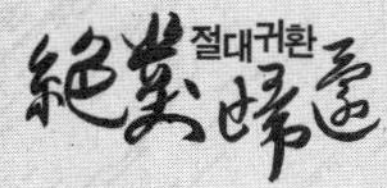

　백태진과 남궁설린은 사람들에게 길을 물어가며 겨우 만고산의 산자락에 도착할 수 있었다.

　"음, 겉으로 보기에는 아름다운 산인데 이곳에 사나운 맹수들이 살고 있다니, 믿기지 않군. 그렇게 생각하지 않습니까, 설린 소저?"

　"그렇네요."

　백태진의 말에 남궁설린은 통명스럽게 대답했다.

　그날로부터 시간이 꽤 지났지만, 남궁설린은 여전히 기분이 전부 풀리지 않은 채였다.

　남궁설린의 대답에 백태진은 무안하게 웃을 수밖에 없었다.

“여기서부터는 말에서 내리는 것이 좋을 것 같습니다.”

백태진은 그렇게 말하면서 말에서 내렸다.

그가 남궁설린을 향해 손을 내밀었다. 남궁설린은 시큰둥하게 백태진의 손을 잡고서 말에서 내려왔다.

하지만 그 입가에는 살짝 미소가 지어져 있었다.

“소저, 각오는 되었어요?”

“각오요?”

“이제부터 어떤 맹수들을 만나게 될지 몰라요.”

“……”

백태진이 그렇게 말하자, 남궁설린은 갑자기 더럭 겁이 났다.

“각오야, 원래부터 되어 있었어요.”

“그렇다면 다행입니다.”

“……”

남궁설린은 말은 그렇게 했지만 무서운 듯 백태진의 곁에다가가 그의 소맷자락을 꼭 잡았다.

남궁설린의 약한 모습을 보고서 백태진은 피식 웃고서는 모른 척하며 말의 고삐를 잡았다.

그리고 말을 이끌고 숲으로 들어가려는 순간, 갑자기 말들이 무언가에 겁을 먹은 듯이 날뛰기 시작했다.

백태진이 말들을 안정시키려고 하였지만 말들은 진정하지 못했다.

푸히히힝!

결국 말들은 저 멀리 도망가 버렸다.

"…동물은 본능에 충실하다고 하던데, 벌써부터 뭔가에 겁을 먹고서 도망친 것 같군요."

"가가……."

"걱정 마세요. 내가 다 상대할 테니까."

백태진의 말을 듣자, 남궁설린은 두려움이 조금씩 사라지기 시작했다.

남궁설린은 자연스럽게 백태진의 팔을 두 손으로 잡았다.

백태진은 남궁설린의 그런 행동을 모른 척하며 말했다.

"그럼 들어갑시다."

"네."

숲은 울창했다. 아직 대낮임에도 불구하고 숲 안은 해가 진 것처럼 어두컴컴했다.

그리고 바람이 불 때마다 나뭇가지가 흔들리면서 공포스러운 소리가 흘러나왔다.

"그나저나 이 넓은 곳에서 어떻게 유세홍님을 만날 수 있을지 난감하군요. 만고산 전체를 뒤져야할지도 모르겠습니다."

"전부요?"

"힘들 것은 알겠지만 어쩔 수 없는 일입니다."

"……."

남궁설린은 백태진의 말을 듣고서 표정이 조금 우울해졌다.

그때였다.

쿵쿵거리는 소리가 조금 떨어진 곳에서 들려왔다.

"가가……!"

"쉿!"

백태진은 그 소리에 귀를 기울였다. 그 소리는 점점 백태진이 있는 곳을 향해 가까워지고 있었다.

그리고 잠시 후.

크르르르릉……!

호랑이가 나타났다. 다행인 것은 생김새는 보통 호랑이라는 것이었다. 하지만 다른 점이 딱 하나 있었다.

"무슨 호랑이가……."

백태진은 자신의 눈앞에 나타난 호랑이의 크기를 보고서 두 눈이 번쩍 뜨였다.

호랑이의 어깨높이는 백태진의 신장을 훌쩍 넘었고, 몸길이 또한 성인 남성 열 명이 둘러싸도 충분하지 않아 보였다.

"……."

그리고 호랑이의 입 사이로 보이는 앞니는 백태진의 팔 길이만 했다.

저 이빨에 물어뜯기면 뼈도 남지 않고 사라질 것이 분명했다.

“백호도 아닌 것 같은데 저 크기는 도대체⋯⋯.”

백태진은 검을 뽑아 들고서 호랑이가 다가오지 못하게 위협했다.

남궁설린도 검을 뽑았지만, 백태진이 남궁설린을 보호하듯 앞으로 나와서 상대적으로 백태진의 뒤편에 있었다.

“가가, 어떻게 하죠?”

“이 숲은 녀석의 영역입니다. 아마 도망쳐도 도망칠 수는 없겠죠. 싸워야 할 것 같습니다.”

“저렇게 커다란 호랑이를 무슨 수로 상대하자는 것이죠?”

“⋯제가 호랑이의 주위를 끌어볼 테니, 설린 소저는 뒤편에서 호랑이를 급습하십시오.”

하지만 그 말은 백태진의 위험부담이 너무나도 컸다. 아무리 백태진이라도 저런 호랑이를 상대로 싸운다면 무사할 수 있을지 장담할 수 없었다.

“하지만, 가가.”

남궁설린은 백태진의 말대로 할 수 없다는 듯 고개를 가로저었다.

크르르르⋯⋯.

호랑이는 두 사람을 위협하듯, 낮게 으르렁거리며 천천히 다가오고 있었다.

호랑이의 날카로운 두 눈은 두 사람을 먹이로 인식하고 응시하고 있었다.

그 눈빛을 계속해서 지켜보고 있으면 그 누구든지 얼어붙어 움직일 수 없을 것 같았다.

"시간이 없습니다. 설린 소저, 내 말을 따라주십시오."

"…알겠어요."

남궁설린의 대답을 들은 백태진은 낮게 미소를 짓고서는 호랑이를 노려보았다.

'보통 인간이 동물을 이길 수는 없다. 동물은 인간이 가지고 있지 않은 신체적 장점들을 가지고 있다. 그렇다면 인간은 가지고 있고 동물이 가지지 못한 무기로 저 녀석을 상대하는 수밖에……'

동물은 없지만 인간이 지닌 무기, 그것은 바로 지혜다.

그리고 인간은 그 지혜로 도구를 사용한다.

'아무리 덩치가 커다란 호랑이라도 검을 찔러 넣으면 무사하지는 못할 것이다.'

백태진은 그렇게 생각하면서 호랑이에게 다가갔다.

백태진이 다가오자, 호랑이는 백태진을 경계하는 듯 언제든지 달려들 것처럼 자세를 낮추고 있었다.

'선수필승, 당하기 전에 먼저 공격한다.'

백태진은 호랑이와 어느 정도 거리를 유지하다가 설상무형보로 재빠르게 호랑이의 앞으로 다가갔다.

그리고 빠른 속도로 호랑이의 미간을 향해 검을 찔러 넣었다.

아무리 덩치가 거대한 호랑이일지라도, 미간에 검이 찔리면 무사하지 못할 것이라 생각했다.

그런데 백태진이 예상치 못한 일이 벌어졌다.

정확하게 호랑이의 미간에 찔러 넣은 백태진의 검은 호랑이의 가죽을 뚫지 못했다.

마치 단단한 강철을 찌른 것처럼, 백태진의 검은 어이없이 튕겨져 나왔다.

'무슨 이런 가죽이⋯⋯!'

한 번에 승부를 볼 생각이었던 백태진은 전력을 다하여 검을 찔렀다.

그러다 보니 공격 후에 빈틈이 크게 생겨 버렸다.

백태진의 선공이 이어지자 호랑이도 거칠게 울어대며 거대한 앞발을 들어 백태진을 향해 휘둘렀다.

'이런⋯⋯!'

백태진은 다급히 호랑이의 발톱이 다가오는 쪽을 향해 검을 들었다.

곧 묵직한 기운이 백태진의 검 너머로 전해졌다.

급하게 막았지만, 그 방어는 완벽했다.

하지만 호랑이의 완력에 백태진의 몸이 허공에 뜨기 시작했다.

'무슨 이런 힘이⋯⋯!'

백태진은 자신의 몸이 뜨는 와중에도 방어 자세를 풀지 않왔다.

　그러나 백태진의 몸은 완전히 허공에 뜨면서 저 멀리 날아가 버렸다.

　콰직—

　백태진은 나무 두 그루를 부러뜨리고 나서야 제자리에 설 수가 있었다.

　"헉헉……."

　거친 숨소리와 함께 백태진의 입가에서 살짝 피가 흘러나왔다.

　막아내긴 했지만, 호랑이의 공격으로 내상을 입고 만 것이다.

　"가가!"

　백태진의 말대로 호랑이의 옆으로 이동하던 남궁설린은 백태진이 호랑이의 공격에 속수무책으로 당해 버리자 놀란 듯이 소리쳤다.

　남궁설린은 백태진에게 다가가려고 하였으나, 호랑이의 시선이 자신에게 향해 있다는 것을 알아차린 남궁설린은 그 자리에 멈춰 서서 호랑이를 향해 검을 겨눌 수밖에 없었다.

　크르르릉.

　호랑이는 남궁설린을 향해 조금씩 다가오며 자신의 공격 범위 안에 남궁설린을 집어넣고 있었다.

　'가가의 공격이 전혀 통하지 않았어. 호랑이의 저 단단한

가죽을 꿰뚫기 위해서는 평범한 검으로는 안 돼.'

어느새 남궁설린의 검에서 푸른 기운이 뿜어져 나오고 있었다.

'검기를 두른 검까지 튕겨낼 수는 없겠지.'

남궁설린은 검에 검기를 두른 후, 언제든지 호랑이에게 공격할 수 있도록 준비하고 있었다.

잠시 후, 남궁설린을 향해 조금씩 다가오던 호랑이는 남궁설린을 완전히 뭉개 버리려는 듯 높게 뛰어올랐다.

호랑이는 그 거대한 덩치로 태양을 완전히 가려 버리면서 남궁설린의 머리 위로 덮쳐오고 있었다.

남궁설린도 호랑이와 마찬가지로 높게 뛰어올랐다.

"흐아아압―!"

남궁설린은 큰 기합 소리와 함께 검기를 두른 검으로 호랑이의 머리를 향해 검을 휘둘렀다.

그런데 남궁설린의 검이 허공에서 멈춰 버렸다.

그와 동시에 남궁설린의 두 눈도 커다랗게 떠졌다.

'검기를 두른 검을 물어서 막는다고?'

호랑이는 그 날카로운 이빨로 남궁설린의 검을 물어버렸다.

남궁설린의 공격은 호랑이의 이빨에 완전히 막혔다. 그대로 남궁설린은 밀려나기 시작했다.

"크르르!"

호랑이는 남궁설린을 잘기잘기 씹으려는 듯, 검을 문 채로 남궁설린을 향해 거칠게 이빨을 들이댔다.

바닥에 강한 충격과 함께 부딪힌 남궁설린은 양손으로 검을 부여잡으며 호랑이가 더 이상 다가오지 못하게 하는 것이 최선이었다.

'이대로 있다가는……!'

검은 잡고 있는 남궁설린의 손에서 조금씩 힘이 빠져나갔다.

호랑이의 이빨이 남궁설린의 목을 향해 점점 다가오고 있었다.

그때였다.

퍼억—!

갑작스런 굉음과 함께 남궁설린의 위에 있던 호랑이의 몸이 허공에 뜨면서 날아가 버렸다.

호랑이는 몸에 거대한 구멍을 남긴 채로 싸늘한 주검이 되어 바닥에 널브러졌다.

"큭……."

호랑이를 향해 비룡신쟁을 사용한 백태진은 한 움큼 피를 토하며 주저앉았다.

남궁설린이 위기에 닥치자 어쩔 수 없이 백태진은 비룡신쟁을 사용한 것이다.

후에 커다란 고통이 따를 것을 알았지만, 남궁설린이 목숨을 잃는 것보다는 훨씬 나았다.

백태진은 이미 내상은 입은 상태였다. 그 와중에 비룡신쟁까지 사용했으니 그 내상은 더욱 심각해졌다.

"가가!"

남궁설린은 곧바로 백태진에게 달려갔다. 그녀가 눈물을 흘리며 백태진을 눕혔다.

"설린 소저, 무사하십니까?"

"왜 그러셨어요! 그 기술을 사용하면 어떻게 될지 아시면서……."

"저는 괜찮습니다. 설린 소저만 무사하시다면……."

백태진은 그렇게 말하면서 억지로 일어났다.

"운기조식이라도 해서 내상을 다스려야 하겠지만, 아무래도 이곳은 제 생각보다 훨씬 위험한 곳 같습니다. 이곳에서 시간을 지체할 수는 없을 것 같군요."

"안 돼요! 곧바로 움직이시면 내상이……."

백태진을 말리려던 남궁설린은 싸늘해지는 기분이 들었다.

"느끼셨습니까? 아직도 우리를 노리는 녀석들은 이곳에 많이 있습니다. 이곳에서 우리는 그저 녀석들의 먹잇감에 불과합니다."

그때였다.

갑자기 뭔가가 불쑥 튀어나와 백태진의 비룡신쟁으로 시

체가 된 호랑이를 삼켰다.

"아……."

남궁설린은 그 광경에 놀라서 말도 제대로 나오지가 않았다.

그 거대한 호랑이를 한 입에 집어삼킨 것의 정체는 뱀이었다.

하지만 역시나 보통의 뱀과는 그 크기부터가 달랐다.

압도적이었다.

크다는 말도 나오지가 않을 정도로 그 뱀은 압도적으로 거대했다.

호랑이를 집어삼킨 그 뱀은 조금씩, 아주 조금씩 호랑이를 자신의 뱃속으로 집어넣고 있었다.

백태진은 그 광경에 겁먹어 아무 말도 하지 못하는 남궁설린의 손을 잡고서 말했다.

"저 녀석이 호랑이의 시체에 한눈이 팔린 틈에 어서 도망쳐야만 합니다."

백태진의 말에 남궁설린은 겨우 정신을 차렸다.

결국 싸우는 것보다는 도망치기를 선택한 백태진과 남궁설린은 뒤도 돌아보지 않고서 그곳에서 벗어나려고 달렸다.

그렇게 한참이나 달려나온 두 사람의 등은 땀으로 흠뻑 젖어 있었다.

달려서 땀이 난 것이 아니다.

아까 두 사람이 보았던 뱀에게서 느껴진 죽음의 기운이 두 사람의 등에 식은땀을 흘리게 만든 것이다.

"도대체 이곳의 산은 어떻게 되어먹은 건지……."

"가가, 이곳은 너무 위험해요. 정말로 이런 곳에 사람이 살고 있는 것일까요?"

"…하지만 우리에게 주어진 단서는 만고산에 그분이 살고 있다는 것뿐입니다."

그때였다.

한숨 돌리고 있던 두 사람의 근처에 있던 풀숲이 흔들리기 시작했다.

작은 소리에도 반응할 정도로 예민해진 두 사람은 그 소리에 곧바로 검을 뽑아 들었다.

두 사람은 긴장하며 흔들리는 풀숲을 응시했다.

이번에는 또 어떤 것이 튀어나올지, 생각만 해도 두려웠다.

하지만 풀숲을 헤치고 나온 것은 두 사람의 예상과는 거리가 먼 것이었다.

"사람……?"

풀숲을 헤치고 나온 것은 사람이었다.

그것도 무복을 입고 허리에 검을 찬 단발머리의 소녀였다.

"당신들, 어째서 이런 곳에 있는 거야?"

소녀는 백태진과 남궁설린을 보고서는 다짜고짜 소리를 질렀다.

"이곳은 위험한 곳이란 말이야. 사람이 함부로 들어올 곳이 아니야. 어서 돌아가!"

"잠깐! 우리는 이 산에 누군가를 찾으러 왔습니다."

"누군가를 찾으러 왔다고? 잠깐, 당신은 어디선가 봤던 것 같은데……."

백태진도 곧 그 소녀를 본 기억을 떠올렸다.

전에 무기상에서 마주쳤던 그 소녀였다.

그때 백태진의 기억에 확실히 남아 있어서 기억을 해내는 것은 어렵지 않았다.

"당신은 그때의 그……."

"산에 산다고 들었지만 설마 그 산이 만고산일 줄이야…."

백태진과 소녀는 서로에게 놀라고 있었다. 남궁설린도 놀라기는 마찬가지였다.

'잠깐, 이자가 말한 사부님이라는 사람이 혹시 유세홍님인 것은 아닐까?'

만고산에 사는 사람이 그렇게 많을 리가 없었다.

눈앞의 소녀가 유세홍의 제자이면 모든 것이 설명 가능했다.

"어쨌든 이곳은 위험해. 두 사람이 누구를 찾는지는 모르겠지만 어서 돌아가."

"우리는 무슨 일이 있더라도 그분을 찾아야만 합니다. 혹시 당신의 사부님, 이름이 유세홍이 아닙니까?"

“그걸 어떻게?”

백태진의 예상대로였다.

백태진은 생각보다 쉽게 유세홍을 만날 수 있을 거라는 생각이 들었다.

“저는 그분을 만나러 이곳까지 왔습니다. 우리들을 당신의 사부님이 있는 곳으로 데리고 가주실 수 있습니까?”

“……”

그 말에 소녀는 백태진을 말없이 계속해서 쳐다보았다. 백태진이 믿을 수 있는 사람인지 판단하는 것이다.

“그건 안 돼. 당신이 무슨 목적으로 우리 사부님을 만나려고 하는지는 모르겠지만, 당신을 믿을 수 없어. 그리고 우리 사부님은 쉽게 사람을 만나주는 사람이 아니야. 그건 사부님이 만고산에 있는 것만으로도 알 수 있겠지?”

“부탁드립니다. 저는 무슨 일이 있더라도 그분을 만나야만 합니다.”

“안 되는 거는 안 되는 거야!”

계속해서 잠자코 있던 남궁설린이 백태진의 앞으로 나와 소녀에게 말했다.

“가가는 당신에게 도움을 준 적이 있습니다. 그런데도 당신은 이유도 묻지 않고서 무조건 싫다고만 말하실 겁니까?”

“그건 그렇지만……”

“은인에게 그런 태도는 무인으로서 도리가 아니라고 생각합니다.”

“으……! 그래서 나보고 어쩌라는 말이야! 수상한 사람을 사부님에게 데리고 가는 것도 제자로서 할 짓이 아니란 말이야!”

소녀가 짜증을 내면서 말하자 남궁설린이 가볍게 웃으며 말했다.

“그렇다면 무인답게 해결을 해야죠. 저와 비무를 해서 제가 이긴다면 우리들을 당신의 사부님에게 안내해 주십시오. 반대로 우리가 진다면 아무 말 없이 만고산에서 나가겠습니다.”

“흥, 좋아! 당신이 나를 이길 일은 절대로 없을 테니까!”

자신의 의도대로 흘러가자, 남궁설린은 씨익 미소를 지었다.

“설린 소저, 너무 무모합니다.”

“괜찮아요, 가가. 이번에는 제가 도움이 될 차례예요.”

“저 소녀가 얼마나 강할지 장담할 수도 없습니다. 적어도 그분의 제자이고 만고산에 살 정도면… 저희 생각보다 더 강할 겁니다.”

“가가, 저도 약하지 않아요. 이번에는 저를 믿고서 기다려 주세요.”

“……”

남궁설린에게서 강한 의지를 느낀 백태진은 결국 남궁설

린의 뜻대로 해줄 수밖에 없었다.

"좋습니다. 그 대신, 무리하지는 마십시오. 그분을 찾는 것보다 설린 소저가 다치지 않는 것이 더 중요합니다."

"가가……."

백태진의 말에 남궁설린은 조금 감동받은 듯했다.

"거기! 언제까지 꾸물거릴 거야?"

그때 비무 준비를 모두 마친 듯 소녀가 두 사람을 향해 소리쳤다.

남궁설린은 소녀를 한 번 쳐다보다가 다시 백태진을 향해 말했다.

"그럼, 다녀올게요."

걱정스러운 얼굴로 쳐다보는 백태진을 뒤로하고, 남궁설린은 그 소녀와 대치했다.

"용기가 가상하네. 나에게 비무를 신청하다니."

"당신이야말로 조심하는 것이 좋을 거야, 나는 그렇게 호락호락하지 않아."

"그래? 그 자신만만함이 언제까지 가는지 한번 보겠어!"

소녀는 그렇게 말하면서 검을 뽑아 들었다.

검을 잡은 손을 남궁설린으로 향하고 한 발을 들어 다른 한 발로 자신의 몸을 지탱했다. 그리고 검을 쥐지 않은 손은 뒤로 뺐다.

소녀는 마치 춤을 추는 듯한 자세를 취했다.

“그 자세는 뭐지? 그런 웃긴 자세로 내 검을 받겠다는 건가?”

“흥! 사부님께 배운 휘극무중검(諱棘舞中劍)을 깔보지 마!”

“그런 검법은 나의 유정무월검으로 간단히 깨뜨려주겠어!”

“어디 해볼 수 있다면 한번 해봐!”

두 여인의 눈빛에서 빛이 나오는 것만 같았다.

서로를 향해 내뿜는 기세는 무인으로서의 기세 이상의 무언가가 숨겨진 듯했다.

특히 남궁설린이 소녀를 향해 내뿜는 기세는 더욱더 그랬다.

‘설린 소저의 투기가 생각 이상이구나. 그래, 설린 소저가 저렇게나 열심히 하는데 나도 여기에서 열심히 응원을 해줘야겠어.’

“설린 소저! 힘내십시오!”

“가가…….”

남궁설린은 백태진이 응원을 해주자 더욱더 힘이 나는 것만 같았다.

“외부인은 조용히 있어!”

“…….”

소녀가 백태진을 향해 신경질적으로 소리치자 백태진은 꿀 먹은 듯이 조용해졌다.

“왜 가가에게 괜히 화풀이지? 아, 나를 응원해 주는 것이 부럽나 보구나.”

“뭐야? 내가 왜…….”

“가가의 든든한 응원까지 받은 이상, 너 같은 꼬맹이에게는 절대로 질 거라는 기분은 들지 않아!”

“으……! 덤벼! 다시는 그 입을 나불거리지 못하도록 검으로 꿰뚫어주겠어!”

남궁설린의 도발에 소녀는 확실히 넘어간 것 같았다.

남궁설린이 검을 휘두르며 소녀를 향해 달려들었다.

남궁설린의 일격은 정확히 소녀의 목을 향했다.

“느려!”

소녀는 그 기묘한 자세로 몸을 조금 움직이더니 남궁설린의 일격을 가볍게 피해 버렸다.

소녀가 공격을 피했지만 남궁설린은 당황하지 않았다. 침착한 그녀의 손에서 검세가 바뀌었다.

슈슈욱!

남궁설린의 검끝이 예리하게 소녀의 빈틈을 노렸다.

“흥!”

그러나 소녀의 움직임은 대단했다.

기묘한 자세로 이어지는 움직임이라고는 생각지 않을 만큼, 매번 남궁설린의 공격을 절묘하게 피해냈다.

남궁설린은 그래도 포기하지 않고 공격을 이어 나갔다. 소녀는 마치 그런 남궁설린을 약 올리듯 몸을 비틀어 피했다.

그 모습이 심지어 경쾌하게 느껴지기까지 하였다.

백태진은 멀리서 두 사람의 비무를 지켜보면서 소녀가 비무가 아니라 춤을 추는 것만 같은 인상을 받았다.

'그런가. 아무래도 저자의 무공은 공격보다는 수비에 특화된 것 같군.'

한편, 소녀가 계속해서 자신의 공격을 피해 버리자 남궁설린은 초조해지기 시작했다.

'어째서……! 어째서 이렇게나 쉽게 피해 버리는 거지?'

검을 휘두르는 자세도 나쁘지 않았다. 위력도 나쁘지 않다. 눈앞의 상대와 그렇게 큰 격차가 나는 것 같지도 않았다.

그러나 자신의 공격이 일방적으로 하나도 통하지 않았다.

자신의 공격을 피하면서 여유있게 웃어대는 소녀의 얼굴을 보자, 남궁설린은 화가 나서 자신도 모르게 필요 이상의 힘을 줘버렸다.

결국 움직임이 쓸데없이 커졌다.

소녀가 그 공격을 피하자, 남궁설린의 자세는 크게 뒤틀리게 되었다.

결국 빈틈을 보인 남궁설린.

소녀는 그 기회를 놓치지 않았다. 마치 지금까지 그 기회를 기다리고 있었다는 듯이 남궁설린을 향해 날카로운 일격을 가했다.

남궁설린이 급히 머리를 틀며 검세에서 벗어났다. 그러나 그 일격에 남궁설린의 머리카락 끝이 조금 잘려 나갔다.

긴 머리카락 일부가 허공에 휘날리며, 그 너머로 간신히 소녀의 검을 피한 남궁설린의 모습이 보였다.

소녀는 잘린 남궁설린의 머리카락을 보면서 일부러 들으라는 듯이 크게 웃으며 말했다.

"어머, 어떻게 하나. 머리카락이 잘려 버렸네? 이왕 이렇게 된 거, 전부 잘라 버릴까?"

머리카락은 여성에게 특히나 중요한 것. 남궁설린은 자신의 머리카락이 잘리자 그 소녀에게 더욱더 큰 분노가 생겼다.

"감히 내 머리카락을……! 너를 민머리로 만들어 버리겠어!"

"흥, 할 수 있으면 해봐!"

하지만 남궁설린은 겉으로 보인 모습만큼 흥분하지는 않았다.

속으로는 냉정하게 자신이 승리할 수 있는 방법을 탐색하고 있었다.

'이대로는 안 돼. 내 공격을 완전히 피하고 있어……'

소녀는 남궁설린이 공격해 올 때까지 공격할 생각이 없는 듯했다.

'저 여자의 무공은 상대방의 공격을 피하면서 빈틈이 보이면 공격하는 종류다. 섣부른 공격은 오히려 독이 될 수가 있

어.’

그렇다고 공격하지 않을 수는 없었다.

공격하지 않는 것은 남궁설린의 자존심이 허락하지 않았
다.

‘지금이야말로 유정무월검의 심득을 생각할 때야……’

남궁설린은 두 눈을 감았다. 적을 앞에 두고서 하기에는 위
험한 행위였다.

그러나 눈앞의 상대에게 현혹되지 않고, 속으로 남궁태가
전한 유정무월검의 심득을 떠올리려는 그녀의 의도는 정확했
다.

“유정무월검은 상대방을 이해해야만 하는 무공이다. 상대방
의 생각, 현재의 감정, 사소한 버릇까지, 그 모든 것을 관찰하고
철저히 상대방의 입장이 되어 생각한다. 그러면 자연스럽게 유
정무월검은 그 위력을 발휘하게 될 것이다.”

남궁태가 자신에게 했던 말이 남궁설린의 머릿속에 맴돌
았다.

한편 소녀에게는 남궁설린이 그냥 눈을 감고서 가만히 있
는 것으로만 보였다.

처음에는 무슨 꿍꿍이속이 있나 싶어서 남궁설린을 경계
하며 가만히 있었지만, 아무리 시간이 지나도 남궁설린이 움

직일 것 같지 않았다.

결국 참지 못한 소녀는 남궁설린을 향해 신경질적으로 소리쳤다.

"지금 자고 있는 거야, 뭐야!"

"……."

남궁설린이 그제야 천천히 눈을 떴다.

궁설린의 두 눈동자는 아까 전과는 달리 차분하게 가라앉아 있었다.

남궁설린은 또다시 소녀를 향해 달려들었다.

"네 공격은 느려 터져서 나에게는 절대로 통하지 않아!"

소녀는 자신만만한 얼굴로 남궁설린의 일격을 기다렸다.

그리고 또다시 남궁설린의 일격이 소녀의 목을 향했다.

소녀는 이번에도 가볍게 남궁설린의 공격을 피했다.

남궁설린은 아까 전과 마찬가지로 재차 소녀를 향해 검을 휘둘렀다.

소녀는 그 공격도 가볍게 피했다.

하지만 세 번째 일격.

깡!

소녀는 남궁설린의 세 번째 일격을 전처럼 피하지 못하고 검으로 막았다.

처음으로 검을 사용하여 남궁설린의 공격을 회피한 것이다.

소녀의 얼굴에 당황한 기색이 역력했다.

"뭐야, 이건!"

'이건 우연일 거야, 다음 공격은……'

소녀는 애써 침착하며 다시 남궁설린의 일격에 집중했다.

공격이 이어졌다.

남궁설린의 첫 번째 일격. 소녀는 무난하게 피했다.

그리고 이어지는 남궁설린의 두 번째 공격.

소녀는 남궁설린의 두 번째 공격도 피하는 듯하였으나, 남궁설린의 검은 소녀의 얼굴을 스쳐 지나갔다.

소녀의 뺨에서 붉게 피가 살짝 흘러나왔다.

소녀는 남궁설린의 공격을 피할 수 없는 것이 우연이 아님을 깨닫자 심한 혼란이 찾아왔다.

'어떻게 사람이 일순간에 변할 수가 있지? 분명히 처음에만 해도 저 여자의 공격을 눈 감고도 피할 수가 있었는데……'

소녀는 도저히 이 상황을 용납할 수 없다는 듯이 소리쳤다.

"이건 말도 안 돼! 도대체 무슨 수작을 부린 거야!"

"……"

"그러지 않고서는 나의 휘극무중검이 이렇게 쉽게 무너질 리가 없어!"

"나는 지금 철저하게 네 입장이 되어서 생각하고 있어. 네가 얼마나 휘극무중검에 대한 자부심이 있는지는 알 것 같아.

휘극무중검이 약한 것이 아니야. 단지 내가 너보다 강한 것일 뿐."

남궁설린은 낮은 목소리로 차분하게 말했다.

하지만 그 말이 오히려 소녀의 신경을 건드렸다.

"그럴 수는 없어! 사부님께서 말하셨단 말이야! 휘극무중검을 배우면 그 누구도 나에게 상처를 줄 수는 없다고!"

"네가 그 무공에 대한 이해가 부족한 것 같네. 확실히 휘극무중검은 강력한 무공이지만 상대방의 무공을 읽고 그 너머를 바라보는 유정무월검이 더욱더 강해. 너의 무공과 나의 무공은 상성이 맞지 않다는 것이겠지."

남궁설린은 소녀와 비무를 하면서 한 가지 사실을 깨달을 수 있었다.

유정무월검은 남궁태가 누군가를 생각하며 만든 무공이라고 말했었다.

남궁설린은 그 누군가가 소녀의 사부인 유세홍이라는 것을 알 수 있었다.

남궁설린의 입장에서는 유정무월검은 휘극무중검과의 상성이 좋았다.

그건 아마도 남궁태가 유세홍을 그 누구보다 깊게 이해하고 있었기 때문일 것이다.

그건 곧 남궁태가 그 누구보다 유세홍의 휘극무중검을 깊게 이해하고 있다는 말이 될 수도 있다.

그런 고민이 고스란히 유정무월검에도 남아 있어 지금의 상황이 만들어진 것이다.

"큭……."

소녀는 남궁설린의 말에 반박할 수 없었다.

그 말대로 자신의 무공과 남궁설린의 무공은 상성이 너무 좋지 않았다.

즉, 상대를 잘못 만났다.

'어떡하지? 그걸 써야 할까……. 하지만 사부님이 그걸 사람에게 사용할 때는 몇 번이나 생각하고 쓰라고 하셨는데…….'

소녀는 결국 망설이다가 사부가 금지했던 그 기술을 쓰기로 결정했다.

남궁설린에게 휘극무중검이 유정무월검보다 약한 무공이 아니라는 것을 증명하고 싶은 마음이 컸기 때문이다.

그런데 그때, 소녀의 뒤편에서 거대한 뱀이 나타났다.

아까 호랑이의 시체를 집어삼켰던 그 뱀이었다.

'설마 우리들을 따라서 쫓아온 거야?'

남궁설린과 백태진은 소녀의 뒤편에 있는 뱀의 존재를 확인했지만, 소녀는 남궁설린에게 온통 신경을 쓰고 있는 터라 뱀의 존재를 깨닫지 못했다.

"피해!"

백태진이 소녀를 향해 소리쳤다.

백태진의 외침에 소녀는 뒤로 돌아보았다. 하지만 이미 뱀
은 소녀를 향해 이빨을 들이대고 있었다.

'피할 수 없다……!'

소녀는 절망적인 눈으로 자신에게 닥쳐오는 뱀을 쳐다보
고 있었다.

하지만 누군가가 소녀를 밀쳐냈다.

그러자 소녀는 바닥에 넘어지면서 뱀의 공격 방향에서 벗
어날 수 있었다.

소녀를 밀어낸 것은 남궁설린이었다.

남궁설린은 소녀를 밀쳐내고 대신에 뱀의 공격을 받았다.

뱀은 남궁설린을 향해 독을 내뿜었다.

보랏빛의 독액체가 남궁설린을 덮쳤다.

남궁설린은 몸을 움직여 그 액체를 피했지만, 완전히 피할
수는 없었다.

"큭……!"

팔의 일부에 약간의 액체를 맞아버린 남궁설린은 독을 맞
은 부위에서 쓰라린 고통이 느껴졌다.

"설린 소저!"

백태진은 독을 맞고서 쓰러지려는 남궁설린을 가까스로
붙잡았다.

남궁설린의 얼굴은 창백했다. 독을 맞은 부위는 옷이 이미
헤졌고 피부가 보랏빛으로 변하고 있었다.

“가가······.”

남궁설린은 결국 독이 퍼지기 시작하여 정신을 잃고 말았다.

“어째서······.”

소녀는 자신을 구한 남궁설린을 멍하니 쳐다보며 중얼거렸다.

소녀는 남궁설린에게 잘해준 것도 없다. 굳이 말하자면 사이가 나쁠 것이다.

그런데 자신의 목숨이 위험함에도 불구하고 자신을 구해준 남궁설린을 이해할 수 없는 것이다.

“설린 소저를 부탁합니다!”

백태진은 멍한 표정의 소녀를 향해 남궁설린을 건네주며 외쳤다.

백태진의 외침에 소녀는 얼떨결에 정신을 차리고 그녀를 받았다.

소녀는 남궁설린을 안아서 뱀과 멀찌감치 떨어졌다. 그리고 독을 맞은 왼쪽 팔의 옷을 완전히 찢었다.

남궁설린의 흰 왼쪽 팔의 피부가 모습을 드러냈다.

하지만 그 곱고 흰 살결의 가운데 보랏빛으로 물든 부분이 드문드문 보였다.

소녀는 서둘러 비상시를 대비하여 항상 지니고 있는 약을 꺼내어 남궁설린의 피부에 바른 후에 천으로 묶었다.

　하지만 이것은 임시방편일 뿐, 이 약으로는 독을 완전히 치료할 수 없었다.

　‘이 뱀은 자독사(紫毒蛇)다. 자독사의 독은 피부에 닿으면 내부로 침입하여 사흘 이내에 치료하지 않으면 내장이 독에 녹아버려 죽게 되는데…….’

　소녀는 자신을 구해준 남궁설린을 무슨 일이 있더라도 살리고 싶었다.

　마음에 드는 여자는 아니지만, 자신의 목숨을 구해준 사람을 모른 척할 수는 없었다.

　사아아―!

　자독사는 백태진을 향해 혀를 날름거리며 공격할 기회를 엿보고 있었다.

　‘설린 소저가 독에 중독되었다. 어서 이 녀석을 처리하고 해독하지 않으면 위험할지도 몰라.’

　백태진은 힘을 주어 검을 꽉 잡았다.

　‘이런 거대한 녀석을 일격에 죽이기 위해서는 비룡신쟁밖에 없다…….’

　하지만 백태진의 내상은 완전히 치료되지 않은 상태였다.

　아까 전에도 비룡신쟁을 사용하다가 내상이 번졌다.

　다시 또 비룡신쟁을 쓴다면 백태진의 몸은 회복할 수 없을 만큼 부서질지도 몰랐다.

　‘별수가 없다. 지금은 내 몸을 신경 쓸 때가 아니야!’

백태진은 결국 비룡신쟁을 다시 한 번 사용하기로 하였다.

지금이라도 당장 속에서 피가 올라올 것 같았지만, 백태진은 오기로라도 버티고서 비룡신쟁의 자세를 잡았다.

그리고 막 자독사를 향해 일격을 가하려는 순간, 백태진의 뒤편에서 푸른빛의 덩어리 몇 개가 날아오더니 자독사의 몸을 꿰뚫고 지나갔다.

자독사는 순식간에 몸에 바람구멍이 몇 개 생기더니, 그대로 굉음과 함께 쓰러졌다.

백태진은 자독사를 꿰뚫은 푸른빛의 덩어리가 무엇인지 알 수 있었다.

'저것은 분명히 검환(劍丸)이다!'

백태상이 몇 번 사용한 것을 본 적이 있기 때문에 백태진은 곧바로 그것의 정체를 알 수 있었다.

검환은 초절정의 경지에 올랐을 때 쓸 수 있는 검강의 윗단계라고 볼 수 있다.

몸속의 기를 응집시켜 검끝에 모아 발사하는 것으로, 검강보다 세밀한 내공의 조절력이 필요하다.

백태진이 뒤쪽으로 돌아보자, 그곳에는 흰색 의복을 걸친 사십대 중반으로 보이는 여인이 서 있었다.

외모와 풍채가 범인으로 보이지가 않았다.

백태진은 그 여인을 보는 순간 곧바로 자신이 그토록 찾아다니던 유세홍임을 알 수가 있었다.

“사부님!”

유세홍이 모습을 드러내자, 소녀는 울먹이며 유세홍을 향해 달려갔다.

“세영아, 자독사를 만나면 도망가라고 하지 않았느냐.”

“저 사람이 저를 구하려다가 자독사의 독에 중독되었어요. 어서 치료를 해야만 해요!”

“자독사의 독에?”

유세영이 거의 울먹거리듯이 말하자 유세홍은 바닥에 눕혀진 남궁설린을 바라보았다.

유세홍의 시선은 남궁설린의 왼쪽 팔로 향해졌고, 곧 고개를 저으며 말했다.

“자독사의 독을 치료하기 위해서는 만독초(萬毒草)가 필요한데, 지금은 만독초가 수중에 없구나.”

“그렇다면 치료할 수 없는 겁니까?”

갑자기 백태진이 유세홍에게 다가가 다급하게 말했다.

“…만독초는 일 년에 한 번 구할 수 있을 정도로 찾기가 힘든 약초다. 자독사의 독에 중독되면 사흘 이내에 죽는다. 그때까지 만독초를 찾는다는 것은 거의 불가능에 가까운 일이지.”

“무슨 일이 있더라도 살려야 합니다!”

“……”

유세홍이 지그시 백태진을 쳐다보았다. 그 눈길에 담긴 의

미를 백태진은 금방 눈치챘다.

"아, 죄송합니다. 저는 백태진이라고 합니다. 그리고 저기 있는 소저의 이름은 남궁설린. 저는 제 할아버지인 백태상의 명령으로 유세홍님을 만나러 왔습니다."

"네가 백태상 오라버니의 손자라고?"

백태진의 말을 들은 유세홍의 두 눈이 놀란 듯 커졌다. 하지만 그것도 잠시, 다시 초연한 눈빛으로 돌아온 유세홍은 남궁설린으로 시선을 향했다.

그리고 다시 백태진을 보며 안타까운 듯이 말했다.

"네 기분은 이해한다만, 저 아이를 구하기는 힘들겠구나. 사흘 안에 만독초를 찾는 것은 천지신명께서 도와주셔야 할 정도의 일이다."

유세홍의 말을 들은 백태진은 절망감이 느껴졌다.

"포기하기는 아직 일러요! 지금부터라도 찾아본다면 만독초를 찾을 수 있을지도 몰라요! 아니, 저는 무슨 일이 있더라도 만독초를 찾아서 저 언니를 구하겠어요!"

유세영은 절대로 남궁설린을 죽게 놔두지 않겠다는 듯이 소리쳤다.

"사부님, 저 언니가 아니었다면 지금쯤 저곳에 누워 있는 사람은 저일지도 몰라요. 부디 저 언니를 살려주세요!"

유세영은 그렇게 말하면서 유세홍을 향해 고개를 숙였다.

"저도 부탁드립니다."

백태진도 덩달아 유세홍을 향해 고개를 숙이며 말했다.

두 사람이 고개를 숙이며 부탁하자, 유세홍은 난감한 얼굴이었다.

"만독초를 찾는 것은 나라도 가능하다고 장담할 수 없는 일이다……."

유세홍의 말에 백태진과 유세영은 낙담했다.

"정말로 무슨 방법이 없는 거예요, 사부님?"

"……."

유세영의 간절한 말에 유세홍은 침묵했다.

어쩔 수 없다는 듯이 한숨을 쉬며 그녀가 입을 열었다.

"만독초가 있을 만한 장소를 몇 군데 알고 있다. 그곳에 있을지 없을지는 모르겠지만, 이 산을 그냥 뒤지는 것보다는 찾을 확률이 높아지겠지."

"그렇다면……!"

"내가 장소를 알려줄 테니 둘이서 찾아보거라. 나는 그때까지 저 아이의 몸에 있는 독이 빨리 퍼지지 않게 해보마."

유세홍의 희망 어린 말에 백태진과 유세영의 얼굴이 한층 밝아졌다.

"감사합니다. 사부님!"

"저도 감사드립니다."

"…아직 일이 해결된 것은 아니니 감사하기는 이르다. 일단은 저 아이를 거처로 옮기도록 하자."

유세홍의 말에 백태진은 남궁설린을 조심스럽게 들었다.

"이번에는 내가 구할게……."

남궁설린을 향해 말하는 유세영을 보며, 백태진도 반드시 남궁설린을 살릴 것이라고 다짐했다.

第八章
유세홍

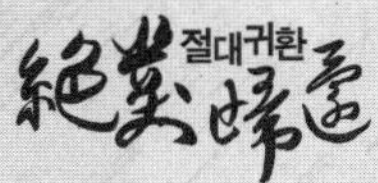

　백태진과 유세영은 남궁설린의 독을 해독하기 위하여 만독초를 찾으러 산을 돌아다니고 있었다.

　유세홍이 가르쳐 준 곳은 생각보다 만고산의 깊은 곳이었다.

　그곳으로 가는 도중에도 위험한 맹수와 마주치고는 했지만, 유세영은 오랫동안 만고산에서 살았던 경험을 통해서 재빠르게 그 위기에 대처하고 있었다.

　백태진은 그런 유세영의 뒤를 쫓아다닐 수밖에 없었다.

　그리고 약 한 시진 정도 산을 오르다 보니 유세홍이 가르쳐 준 지역에 도착할 수 있었다.

“만독초는 보랏빛의 꽃을 피우는 약초야. 색깔이 워낙에 독특에서 한 번 보면 알 수 있을 거야.”

“흩어져서 찾아보자는 겁니까?”

“그게 더 효율적이니까. 그래도 서로 보일 정도로만, 너무 멀리는 가지 말 것. 나는 괜찮지만 당신은 아직 내상도 완전히 치료되지 않았잖아. 맹수를 만나면 혼자서 대처할 수 있겠어?”

“…….”

아마도 대처할 수 없을 것이다. 백태진의 침묵에 유세영은 살짝 웃고서는 만독초를 찾으러 나섰다.

백태진도 유세영과 조금 떨어진 곳에서 만독초를 이리저리 돌아다니며 찾아다녔다.

하지만 한 시진을 찾아다녀도 만독초와 비슷한 것도 찾을 수가 없었다.

결국 두 사람은 다시 모였다.

“아무리 찾아봐도 찾을 수가 없었어. 그쪽은 어때?”

“저도 마찬가지입니다.”

“역시 찾을 수 없는 걸까…….”

유세영은 낙담하듯 자리에 털썩 주저앉았다.

“아직 포기하기는 이릅니다. 이제 시작일 뿐이니까요. 처음부터 그리 쉽게 찾을 수 있을 거란 생각은 하지 않았습니다.”

“…….”

백태진의 격려에 유세영은 슬쩍 미소를 지었다.

“그렇겠지? 미안해, 지금 가장 걱정되는 사람은 당신일 텐데. 그 언니, 당신과 특별한 관계지?”

“그건 오해입니다. 저와 설린 소저는 단지 정혼자의 관계일 뿐입니다.”

“그걸 특별한 관계라고 말하는 거야! 생긴 것과는 다르게 어리바리한 면이 있네.”

유세영은 그렇게 말하면서 조금 웃기 시작했다.

남궁설린이 독에 중독된 이후로 단 한 번도 웃는 모습을 보지 못했던 백태진은 유세영이 웃자 자신도 조금 기분이 좋아졌다.

“그런데 유 소저.”

“그냥 세영이라고 불러. 나도 편하게 당신을 반말로 대하고 있으니까.”

“…그렇다면 저도 지금부터 반말로 하겠습니다.”

“좋아. 나도 그게 편하니까.”

백태진은 조금 무안한 듯, 헛기침을 한 번 하고서 다시 입을 열었다.

“한 가지 묻고 싶은 것이 있어.”

“그래? 내가 언제 초경을 경험했냐는 것만 제외하면 뭐든지 가르쳐 줄게.”

"…그런 거는 알고 싶지도 않아."

백태진은 털털한 성격의 유세영에게 적잖이 당황하고 있었다.

"내가 묻고 싶은 것은 어째서 유세홍님은 이런 곳에 틀어박혀서 지내고 있냐는 것이다."

"나도 그 이유는 모르겠는데……. 왜냐하면 내가 사부님과 함께 지내게 된 것은 십 년 전부터였거든. 그 이전부터 사부님은 만고산에서 쭉 지내고 계셨으니까. 딱히 궁금해서 물어보지도 않았고."

"보통 그런 것은 궁금해서 물어보지 않나?"

"왠지 물어보면 안 될 것 같았어. 사부님은 예전 기억을 생각할 때마다 슬퍼하시는 것 같았거든."

사람이 산에 틀어박히는 이유는 과거에 슬픈 경험을 했기 때문이다.

결코 좋아서 산에 틀어박히는 사람은 없다. 산에 틀어박힌다는 것은 곧 속세와의 인연을 끊겠다는 것이다.

세상을 초연하게 바라보는 경지에 이르지 않은 이상, 원해서 혼자 지내는 것은 힘들다.

"그렇다면… 역시 너는 유세홍님의 혈육이 아니구나. 성이 같아서 혹시나 했지만……."

"내 이름은 사부님이 지어주신 거야. 그전에도 이름을 가지고는 있었지만, 그건 잊어버렸어."

“무슨 일이 있었던 거야?”

“…내 진짜 부모님은 약초꾼이었어. 내가 아홉 살이었을 때, 내가 그만 불치병에 걸리고 말았지. 부모님은 나의 불치병을 치료한다면서 만고산에만 서식하는 약초를 구하기 위해서 만고산에 갔어. 어린 나도 부모님의 등에 업혀서 함께 만고산에 올랐지. 이미 만고산이 어떤 곳인지는 몸으로 체험했지? 무인도 감당할 수 없는 곳인데 평범한 사람이 어떻게 버티겠어. 결국 우리 부모님은 그 녀석의 손에…….”

유세영은 그날의 기억이 생생하게 기억나는 듯 이를 빠득거렸다.

“난 절대로 그 녀석을 용서할 수 없어. 내가 무공을 연마하는 목적은 오직 그 녀석을 죽이고 부모님의 원수를 갚는 거야.”

“그 녀석이라니?”

“…만고산의 제왕이라고 부를 수 있는 전설상의 영물, 흑백쌍호(黑白雙虎).. 그 녀석을 죽이기 전까지는… 난 죽을 수 없어.”

유세영의 두 눈과 목소리에서 흑백쌍호에 대한 증오심이 피어오르는 듯했다.

곁에 있던 백태진도 그 감정을 느낄 수 있을 정도로 흑백쌍호에 대한 유세영의 증오심은 깊었다.

“복수를 끝내면 어떻게 할 건데? 복수의 끝에는 아무것도 남지 않아.”

“그래도 나는… 그것만이 내 삶의 이유야.”

“……”

백태진은 유세영을 증오의 늪에서 꺼낼 수 없을 것만 같았
다.

잠깐의 대화로 인해 분위기가 가라앉고 말았다. 설마 이렇
게 무거운 이야기가 나올 줄 몰랐던 백태진은 가만히 침묵했
다.

그 감정을 읽었는지 유세영이 애써 밝게 웃으며 일어났다.

“자, 이제 휴식 끝! 어서 만독초를 찾아보자. 언니가 우리
를 애타게 기다리고 있을 거야.”

“…그래.”

어두운 과거를 말하고서도 애써 밝게 행동하는 유세영의
뒷모습을 보며, 백태진은 어쩐지 그녀가 울고 있는 것만 같다
고 생각했다.

＊　　　＊　　　＊

만년초를 찾아나선 지 이틀이 지났다.

그 흘러간 시간 동안 하루 종일 만년초를 찾아다닌 두 사람
이지만, 만년초의 끝자락도 구경할 수 없었다.

“……”

시간이 갈수록 두 사람은 초조해지기 시작했다. 점점 나누는 대화도 없어졌다.

결국 오늘도 만년초를 찾지 못하고 두 사람은 거처로 돌아왔다.

만고산 가장자리에 위치한 유세홍의 거처, 두 사람이 살기에 적당한 크기로 지어진 작은 오두막이다.

백태진과 유세영이 문을 열고서 오두막 안으로 들어가니 이불을 덮고서 누워 있는 남궁설린의 모습이 보였다.

그 옆에 유세홍이 앉아 있었다.

"그 모습을 보니 만년초는 찾지 못한 것 같군."

"……"

백태진은 말없이 집 안으로 들어와 유세홍의 남궁설린의 옆에 앉았다.

남궁설린의 거친 호흡소리가 들려오자 백태진의 가슴이 미어졌다.

남궁설린의 왼쪽 팔에서 시작된 독은 어느새 남궁설린의 목 언저리까지 번지고 있었다.

남궁설린의 몸이 완전히 보랏빛이 되는 순간, 남궁설린은 죽음을 맞이하게 될 것이다.

"가가……"

남궁설린은 고통스러운 듯, 괴로워하며 백태진을 불렀다.

백태진은 남궁설린의 손을 두 손으로 잡았다.

“옆에 있습니다.”

“왜 그렇게 슬픈 표정을 지으세요…….”

“미안합니다. 내가 나약해서 소저가 괴로워하는데도 아무것도 하지 못하고…….”

남궁설린은 옅은 미소를 지으며 백태진을 잡은 손에 힘을 주었다.

“아직 괜찮죠? 저는 괜찮아요…….”

그러나 평소에 비하면 너무나 미약한 힘이었다.

남궁설린은 백태진에게 자신이 괜찮다는 것을 말하려고 한순간 손에 힘을 주었지만, 그것도 잠시였다.

남궁설린의 손은 다시 힘없이 축 늘어졌다.

“이미 팔 할 이상의 몸이 자독사의 독에 중독되었다. 지금 이렇게 의식을 유지하는 것만 해도 대단한 거야.”

옆에서 유세홍이 안타까운 듯이 말했다.

“…….”

신발도 벗지 않고서 문가에 서서 남궁설린을 지켜보던 유세영이 갑자기 몸을 휙 돌렸다. 그녀가 빠르게 오두막 앞을 벗어나는 모습을 보고 유세홍이 소리쳤다.

“세영아! 어디로 가느냐!”

“당연한 것을 왜 물으세요! 만독초를 찾으러 갈 겁니다!”

“내가 한 말을 잊었느냐! 만고산의 밤은 아무리 나라고 하더라도 무사하리라 장담할 수 없을 정도로 위험한 곳이다!”

"상관없어요! 만약 설린 언니가 죽는다면 저는 살아도 살아 있는 것이 아니에요! 남의 목숨을 받으면서까지 살 수 있을 정도로 저는 뻔뻔하지 않단 말이에요!"

유세영은 그렇게 말하고서는 밖으로 달려나갔다.

"제가 데리고 오겠습니다! 유세홍님은 이곳에서 설린 소저를 봐주십시오! 설린 소저의 독을 다스릴 수 있는 사람은 유세홍님밖에 없습니다!"

"……."

유세영을 쫓아가려던 유세홍은 백태진의 말에 움직임이 멈춰졌다.

백태진은 신발을 신고서 유세영을 따라 집 밖으로 달려 나갔다.

"세영아, 네가 죽으면 나는……."

유세영이 떠나간 곳을 바라보며, 유세홍의 눈에서 눈물이 뚝뚝 흘러내렸다.

*　　　*　　　*

"대체… 도대체 어디에 있는 거야!"

유세영은 맨손으로 바닥을 파면서 울부짖고 있었다.

그녀의 고운 흰 손은 이미 피가 흘러나오고 있었고 흙으로 더러워져 있었다.

손으로 땅을 팔 때마다 엄청난 고통이 따랐지만, 유세영은 남궁설린이 겪고 있을 고통은 이것보다도 더 클 것이라 생각하며 참고서 묵묵히 파냈다.

하지만 유세영은 자신의 일대 주위를 모조리 파냈어도 만독초를 찾을 수가 없었다.

"설린 언니도 나 때문에 죽는 걸까……. 부모님이 나 때문에 죽은 것처럼……."

유세영은 무릎을 꿇고 앉으며 실성한 사람처럼 중얼거렸다.

유세영은 남궁설린을 볼 때마다 죽은 부모님 생각이 났다.

자신의 부모님은 유세영의 불치병을 치료하기 위해서 만고산에 올랐다가 죽었다.

남궁설린은 자신을 밀쳐내고 대신해서 독에 중독되어 죽을 위기에 처했다.

원인은 다르지만 자기 때문에 죽는다는 공통점이 있었다.

부모님과 남궁설린이 겹쳐 보이기 시작하자 유세영은 불안해서 미칠 것만 같았다.

이렇게 자신의 몸을 혹사시키지 않으면 버티지 못할 것 같았다.

"엄마… 아빠……. 또 저 때문에 사람이 죽게 생겼어요. 미안해요, 정말 미안해요……."

유세영은 이미 죽어서 없는 부모님과 대화하듯 아무도 없는 곳을 향해서 혼잣말을 했다.

"……."

백태진은 한참 전부터 유세영을 발견했지만 쉽사리 앞으로 나갈 수 없었다.

유세영의 기분을 왠지 모르게 이해할 수 있을 것만 같았다.

백태진도 누군가가 자기 때문에 죽었다고 생각하면 견딜 수 없을 것만 같았다.

그것이 부모님이라면 더욱더, 그리고 그게 한 번이 아니라 두 번이라면…….

남궁설린이 죽는다면 유세영은 앞으로 제대로 살아갈 수 없을지도 몰랐다.

지금 백태진의 눈에는 유세영이 무인이 아니라 연약한 한 명의 소녀로 보였다.

백태진은 낮게 한숨을 쉬고서는 천천히 유세영의 곁으로 다가갔다.

"돌아가자."

"…돌아갈 수 없어."

"네 사부님이 걱정하고 계신다. 밤의 만고산은 너무나도 위험해. 내일 아침 일찍 만독초를 찾으러 나오자."

"안 돼! 지금 이러는 동안에도 설린 언니는 고통스러워하고 있다는 말이야! 설린 언니는 네 정혼자야! 너는 걱정되지도 않는 거야?"

백태진을 향해 소리치는 유세영의 두 눈가에는 눈물이 살짝 맺혀 있었다.

백태진은 그런 유세영을 무심한 눈길로 쳐다보며 말했다.

"나도 걱정이 된다. 하지만 그렇다고 해서 네 목숨을 위험하게 만들 정도로 이성을 잃지는 않았어. 만약 네가 만독초를 찾다가 죽는다면 설린 소저의 뜻은 어떻게 되는 거지? 네가 죽는다면 그것이야말로 설린 소저가 침상에 고통스러워하며 누워 있는 것에 아무런 의미도 없게 만드는 짓이야."

"……."

백태진의 말에 유세영은 큰 충격을 받았는지 아무런 말도 하지 못했다.

"그래도 나는……."

결국 유세영은 백태진의 말에 폭포수가 쏟아지듯 참았던 눈물이 흘렀다.

유세영이 울음을 터뜨리자, 백태진은 또다시 당황할 수밖에 없었다.

백태진의 유일한 약점, 그것은 여자의 눈물이었다.

여자의 눈물 앞에서는 한없이 작아지기만 하는 백태진은 아까까지의 단호함은 사라지고, 결국 유세영의 울음을 그치게 만들기 위해서 목소리가 많이 부드러워져 있었다.

"우, 울지 마!"

"흐아아아아앙—"

유세영은 뭐가 그렇게 서러운지 목 놓아 울고 있었다.

우는 유세영을 보는 것도 안타깝지만, 이대로 계속 울다가는 주변에 있던 맹수들이 유세영의 울음소리를 듣고서 이곳으로 몰려들지도 몰랐다.

결국 유세영의 울음을 그치게 만들기 위해서는 단 한 가지 방법밖에 없었다.

"알았어. 나도 같이 찾아줄 테니까 이제 울음을 그쳐!"

"…흑."

백태진의 말에 유세영은 조금씩 울음을 그치기 시작하더니 약 반각이 지나서야 겨우 울음을 멈췄다.

"혼자서 찾는 것보다는 둘이서 찾는 것이 그나마 더 안전할 테니까……. 그래도 잊지 마. 설린 소저의 목숨도 중요하지만 네 목숨도 중요하다는 것을."

"…알겠어."

유세영은 그제야 얼굴에 밝은 미소가 조금 돌아와 있었다.

'어쩌다가 이렇게 된 건지…….'

분명히 유세영을 데리고 돌아가려고 했는데 백태진까지 남아서 함께 만독초를 찾게 되었다.

'나도 설린 소저가 걱정되는 것은 마찬가지니까…….'

이렇게 된 이상, 백태진은 무슨 일이 있더라도 만독초를 찾아내서 남궁설린의 독을 해독하기로 다짐했다.

"기다려요, 언니. 내가 반드시 언니를 원래대로 만들어 드릴게요……!"

유세영은 그렇게 말하고서 말없이 만독초를 찾아다니기 시작했다.

'설린 소저, 기다리십시오.'

유세영에 이어 백태진 또한 의지를 불태우며 만독초를 찾아 나섰다.

*   *   *

세상의 어둠을 밝혀오는 해.

이 세상의 어둠을 걷어내 주는 존재인 해는 세상 그 누구에게도 신성한 의미로 숭상받는 존재다.

하지만 지금, 백태진과 유세영은 떠오르는 해가 너무나도 얄미웠다.

결국 새벽이 될 때까지 만독초는 찾지 못했다.

일출은 결국 남궁설린의 독이 완전히 퍼지는 제한 시간임을 의미한다.

"……"

백태진과 유세영은 하나같이 둘 다 피곤한 기색이었다.

그것도 그럴 것이, 만독초를 찾아다니면서 동시에 맹수가 다가오는지 알아내기 위해서 온 신경을 집중하고 있었다.

세 시진 동안 그런 상태로 있었으니 아무리 초절정의 경지에 오른 백태진이라 할지라도 지치기는 마찬가지였다.

"결국… 찾아내지 못했어……."

유세영은 당장에라도 또 눈물을 흘릴 것만 같았다.

만독초를 찾을 수 있을 거라는 희망이 떠오르는 해를 보자마자 사라져 버렸다.

지금 유세영을 지탱해 줄 것은 아무것도 없었다.

"아직 포기하기는 일러. 조금이라도 더 만독초를 찾아보자."

"틀렸어. 지금까지 쉬지 않고 계속해서 찾았는걸……. 한두 시진 더 찾아본다고 찾을 수 있을 리가 없어……."

"설린 소저를 살리고 싶다고 말한 것은 너였잖아! 그런데 이렇게 쉽게 포기할 수 있어?"

"……."

백태진의 말에 유세영은 주먹을 꽉 쥐었다.

"네 말이 맞아. 끝까지 포기하지 않는 것이 나의 신조였는데 그걸 잊어버리고 있었다니……. 고마워, 네 덕분에 기억해낼 수 있었어."

"그래, 설령 앞이 보이지 않더라도, 끝까지 포기하지 않는 것이 무인으로서 가져야 할 긍지다."

"응."

유세영은 백태진의 말에 고개를 끄덕이고는 또다시 만독초를 찾아나서려고 하였다.

하지만 백태진이 그런 유세영의 팔을 잡아 멈췄다.

"무작정 찾아다니는 것은 좋지 않아. 실제로 지금까지 그래왔는데 만독초를 찾지 못했잖아? 지금은 어느 장소에 만독초가 있을 확률이 높을지 알아내야 해."

"하지만… 사부님께서 표시해 준 곳은 전부 가보았어. 그래도 찾아낼 수 없었잖아……."

"……."

'아마 유세홍님이 표시해 준 곳은 거짓된 정보일 것이다. 유세홍님은 유세영이 위험에 빠지는 것을 원치 않으셨겠지. 실제로 지금까지 맹수를 한 번도 만나지 않은 것 자체가 이상해. 유세홍님이 일부러 맹수가 없을 만한 곳만 표시해준 것이 아닐까…….'

그렇게 생각하니 앞뒤가 맞는 것 같았다.

결국 백태진과 유세영은 이 사흘간 허탕만 친 것이다.

만독초를 찾기 위해서는 처음부터 다시 시작해야만 했다.

'…만독초, 일 년에 한 번 찾아볼 수 있을까 말까 하는 약초. 그 소재는 어디에 있는지 모른다라……. 하지만 이곳에서 오랫동안 살아오신 유세홍님이 그것을 모르실 리가 없어. 그렇다면 만독초는 희귀한 약초가 아니라 위험한 곳에 서식하는 약초인 것이 틀림없어. 아마 그곳은 유세홍님도 위험을 감수해야 갈 수 있는 곳임이 틀림없겠지…….'

백태진은 마른침을 삼켰다.

　결국 백태진이 선택한 것은 자신의 목숨을 바쳐서라도 만독초를 구해낸다는 것이었다.

　"세영아. 한 가지 물어보고 싶은 것이 있다."

　"…또 물어볼 것이 있어?"

　"이건 다른 얘기야. 혹시 네 사부님이 네게 절대로 다가가지 말라고 말한 장소가 있어?"

　"응, 있기는 한데……."

　"그 장소를 내게 가르쳐 줘."

　"여기서 조금만 더 가면 커다란 동굴이 있는데, 사부님은 그 동굴에는 절대로 들어가지 말라고 하셨어. 그런데 왜 그런 곳을 가르쳐 달라는 거야?"

　"……."

　유세영의 말에 백태진은 잠시 침묵하고서 앞으로 걸어 나가며 말했다.

　"너는 거처로 돌아가라. 지금부터는 나 혼자서 만독초를 찾겠어."

　"그게 무슨 말이야!"

　"걱정 마, 반드시 만독초를 찾아내서 돌아갈 테니까. 너는 설린 소저의 곁에서 힘이 되어줘."

　"아까 전만 해도 내게 절대로 포기하지 말라고 말했었잖아! 그런데 돌아가라니, 난 돌아갈 수 없어! 거기에 설린 언니는 나보다 네가 곁에 있어주는 편이 훨씬 힘이 될 거야."

유세영의 말도 일리는 있었다.

하지만 백태진이 갈 곳은 유세홍도 목숨을 장담할 수 없는 곳. 당연히 백태진도 목숨을 보장할 수 없었다.

그곳에서는 유세영을 챙겨줄 여유는 없을 것이다.

그렇다면 차라리 백태진 혼자서 움직이는 것이 나았다.

괜히 유세영이 위험에 빠지면 유세홍이 가만히 있지 않을 것이다.

하지만 유세영은 절대로 물러나지 않겠다는 듯이 백태진을 똑바로 쳐다보고 있었다.

"나도 따라갈 거야. 알겠어? 이건 고집이 아니야. 네가 나 보고 내 목숨을 소중히 여기라고 말했듯이, 너도 네 목숨을 소중하게 여겨. 만약 네가 죽으면 설린 언니가 얼마나 슬퍼하겠어?"

"…그건 그렇지만."

백태진은 아까 전에 자신이 유세영에게 했던 말을 역으로 들으니 적당히 대꾸할 말이 떠오르지 않았다.

결국 유세영도 함께 동굴로 가기로 결정하고서, 두 사람은 동굴을 향해 걸어갔다.

"그 동굴로 간다고? 어째서?"

이유를 모르는 유세영은 동굴로 걸어가는 도중에 의아한 얼굴로 백태진에게 물었다.

"…그곳에 아마 만독초가 있을 거야."

"어째서?"

"그 이유는 말해줄 수 없어."

백태진은 유세홍이 유세영의 안전을 위해서 자신들에게 거짓말을 했다고 하면 사부에 대한 믿음에 금이 갈 것만 같아 쉽사리 얘기할 수 없었다.

백태진의 말을 듣고서 유세영은 본능적으로 백태진의 생각을 읽었는지, 더 이상 백태진에게 그 이유는 물어보지 않았다.

그리고 잠시 후, 풀숲 너머로 약 삼십 척에 가까운 높이의 동굴 입구가 보였다.

"엄청 큰 동굴이군……."

백태진은 입구부터 거대한 동굴을 보고서 입이 다물어지지 않았다.

'저 동굴에서 불길한 기운이 느껴진다. 어서 만독초를 캐고 이곳을 뜨는 것이 좋겠어.'

백태진은 유세영에게 지금부터 조용히 하라는 듯이 손가락을 들어 입가에 가져다대었다.

유세영도 백태진의 의도를 알아차린 듯 고개를 가볍게 끄덕였다.

백태진은 조심스럽게 풀숲을 빠져나와 동굴을 향해 걸어갔다.

네 발 걸을 때마다 주변에 아무도 없는지 계속해서 주위를 살펴야 했다. 그만큼 위험한 지대였다.

그리고 간신히 동굴의 입구에 도착한 백태진은 조심스럽게 고개만 내밀어서 동굴 내부를 살폈다.

워낙에 깊은 동굴이라 동굴 안쪽까지는 햇빛이 닿지가 않아서 보이지가 않았다.

하지만 햇빛이 닿는 부분에서 백태진은 무언가를 발견할 수 있었다.

'저것은… 만독초!'

사흘 동안 그렇게 찾아 헤매도 찾을 수 없었던, 바로 그 만독초였다.

그 보랏빛의 꽃이 옅은 햇살 아래에 처연하게 피어 있었다.

유세영도 곧 만독초를 확인하고서에 곧바로 채집하기 위해 그곳으로 달려가려고 하였다.

하지만 백태진이 유세영을 말렸다.

동굴 입구에서는 더욱더 말을 할 수가 없는 터라, 백태진은 유세영에게 전음을 날렸다.

[섣불리 행동하지 마. 그리고 만독초는 내가 따오겠어. 그러니까 너는 이곳에 남아 있어. 알겠지?]

백태진의 말에 유세영은 동의했다는 듯이 고개를 끄덕였다.

"……."

백태진은 다시 한 번 동굴 내부를 보았다.

아무것도 보이지 않았지만, 뭔가가 동굴 내부에서 먹잇감이 들어오기만을 기다리는 것만 같은 기분이 들었다.

하지만 눈앞의 만독초를 놔두고서 들어가지 않을 수도 없는 노릇이다.

결국 백태진은 최대한 발소리를 죽이면서 동굴 내부로 들어갔다.

한 발 뗄 때마다 백태진의 가슴이 철렁 내려앉는 것만 같았다.

결국 평상시 걸음으로는 순식간에 도착할 거리를 일각이라는 시간을 들여서 도착한 백태진은 조심스럽게 자세를 낮췄다.

'이게 만독초……. 이것만 있으면 설린 소저를 살릴 수가 있어.'

남궁설린을 살릴 수 있다는 마음에 백태진의 마음이 들떠왔다.

하지만 백태진은 침착함을 잃지 않았다.

조심스럽게 자세를 낮추어 오른손으로 만독초의 뿌리 부분을 움켜잡았다.

그 행동까지 걸린 시간만 해도 반각이라는 시간이 흘렀다.

겨우 만독초를 움켜쥔 백태진은 두 가지 생각에 갈등했다.

첫 번째는 지금처럼 시간을 들여서 조심스럽게 만독초를 뽑아서 가는 것. 두 번째는 소리가 조금 나더라도 단숨에 만독초를 뽑은 후에 입구 쪽으로 달려나가는 것.

백태진이 두 번째 생각을 한 것은 동굴 내부에 어떤 생명체가 존재하고 있다는 가정 내에서 한 것이다.

'최대한 조심하는 것이 좋다. 시간이 좀 걸릴지라도 조심히 뜯어서 가도록 하자.'

결국 백태진이 선택한 것은 첫 번째 방법이었다.

백태진은 조심스럽게 만독초를 캐기 시작했다.

얼마나 집중했는지, 백태진의 얼굴이 땀으로 흠뻑 젖을 정도였다.

뒤에서 그 행동을 지켜보는 유세영의 손에도 땀이 흥건했다.

그렇게 일각이라는 시간을 들인 백태진은 만독초의 뿌리를 볼 수가 있었다.

이제 조금만 더 있으면 만독초를 캐고 이곳을 벗어날 수 있었다.

그런 생각에 한 순간 안심을 해서였을까, 백태진의 얼굴에 흐르던 땀이 턱에 모여서 하나의 거대한 방울을 형성했다.

그리고 그 방울은 중력을 이기지 못하고 바닥을 향해 떨어졌다.

백태진은 그 물방울이 떨어지는 것을 확인하고서 화들짝 놀랐다.

'안 돼……!'

바닥에 물방울이 떨어지는 것이 그렇게 큰 소리를 내는 것
은 아니다. 하지만 현재 백태진이 있는 장소는 동굴이다.

아무리 작은 소리라도 동굴 내부에서는 몇 배로 그 소리가
증폭된다.

지금은 작은 소음이라도 내서는 안 되는 상황이다.

백태진은 떨어지는 물방울을 향해 전력으로 소매를 가져
다대었다.

그러자 아슬아슬하게 백태진의 땀방울이 바닥으로 떨어지
기 전에 백태진의 소매에 떨어졌다.

하지만 그와 동시에 그보다 훨씬 거대한 소리가 동굴 내부
에 울렸다.

그 소리는 백태진이 약초를 뜯는 소리였다.

땀방울에 정신이 팔린 백태진은 자신도 모르게 약초를 잡
은 손을 땀방울이 향한 곳으로 들었다.

그러자 결국 덩달아 약초가 뜯기고만 것이다.

크르르르…….

약초 뜯기는 소리가 동굴 내부에 울리자 그와 동시에 동굴
안쪽에서 짐승의 울음소리가 들려왔다.

백태진은 그 소리를 듣자마자 등짝이 오싹해지는 것만 같
았다.

백태진은 만독초를 단단히 잡고서 곧바로 일어나 동굴 밖
으로 뛰어나가며 유세영을 향해 소리쳤다.

"도망가!"

"뒤, 뒤에!"

유세영은 놀란 얼굴로 백태진의 뒤편을 손가락으로 가리켰다.

백태진이 뒤로 돌아보자 거대한 검은 실루엣이 백태진을 향해 땅을 울리며 점점 가까워지고 있는 것이 보였다.

뒤돌아보느라 시간을 주체한 백태진은 보법을 밟으며 유세영에게 다가갔다.

그리고 유세영의 몸을 양손으로 잡아서 자신의 몸과 함께 동굴 옆쪽으로 날렸다.

잠시 후, 동굴 입구와 맞먹을 정도로 거대한 존재가 동굴 밖으로 모습을 드러냈다.

그 존재는 온몸에 털이 나 있었고, 그 털은 검은색과 흰색이 조화를 이루어 기묘한 문양을 이루고 있었다.

그리고 네 발에 난 발톱은 무척이나 날카롭고 거대했으며, 호랑이의 형상을 한 머리가 한 개가 아니라 두 개였다.

하나의 머리는 하얀 털로 뒤덮인 호랑이의 머리, 그리고 그 옆에 달린 머리는 검은 털로 뒤덮인 호랑이의 머리였다.

백태진은 그 괴물을 보자마자 그것이 무엇인지 알 수가 있었다.

'흑백쌍호!'

유세영의 부모님을 죽인 원수. 흑백쌍호가 그 모습을 드러낸 것이다.

"아야야……."

유세영은 바닥에 착지할 때 머리를 부딪쳤는지, 한 손으로 머리를 잡으면서 자리에서 일어났다.

유세영이 흑백쌍호를 본다면 어떤 반응을 보일지 예상한 백태진은 유세영을 향해 소리쳤다.

"보면 안 돼!"

하지만 이미 늦었다.

흑백쌍호를 주시하는 유세영의 눈은 분노로 이미 일그러지고 있었다.

"흑백쌍호… 부모님을 죽인 원수가 지금 내 눈앞에 있다니……."

"정신 차려! 지금은 설린 소저를 살리는 것이 먼저야! 복수 때문에 이성을 잃지 마!"

"으아아아아—!"

하지만 이미 백태진의 말이 들리지 않을 정도로 유세영의 분노는 극에 달해 있었다.

유세영은 검에 검기를 두르고서는 미친 듯이 흑백쌍호를 향해 질주했다.

"이런……!"

결국 백태진도 유세영의 뒤를 따라 흑백쌍호를 향해 달려들었다.

"너 같은 건… 죽어버려!"

유세영은 달려가 흑백쌍호의 두 머리 중에서 백호의 머리를 향해 높게 도약했다.

거의 삼십 척에 육박하는 백호의 머리 높이보다 더욱더 높게 도약한 유세영은 체중과 함께 백호의 미간을 향해 검을 내려찍으려고 자세를 잡았다.

그런데 흑백쌍호는 그 거대한 덩치로 몸을 홱 돌리더니 그와 동시에 유세영을 향해 꼬리를 휘둘렀다.

"……!"

흑백쌍호의 머리에 검을 찔러 넣을 생각이었던 유세영은 뒤늦게 자신을 향하는 꼬리를 발견할 수 있었다.

"큭……!"

유세영은 최대한 몸을 웅크려서 흑백쌍호의 꼬리의 충격을 최소화하려고 하였다.

그런데 그때, 유세영을 따라서 뒤늦게 도약한 백태진이 흑백쌍호의 꼬리를 향해 점점 다가가고 있었다.

백태진의 검에도 검기가 서린 듯하였으나 유세영과는 조금 달랐다.

좀 더 순수한 푸른색, 거기에 강렬한 기세를 머금고 있었다.

유세영의 검기가 사그라지는 불꽃이라면, 백태진의 검기는 폭발하는 활화산의 용암 같았다.

검강, 초절정의 경지에 이르면 사용할 수 있는 검기보다 더 위의 경지.

검강은 검기보다 검의 날카로움을 좀 더 극한으로 끌어올린다.

흑백쌍호를 보는 순간 전력을 다하겠다는 생각으로 백태진은 검강을 꺼내든 것이다.

지금까지 최후의 수단으로 숨겨두었던 백태진의 숨겨둔 한 수였다.

“이얍―!”

백태진은 기합 소리와 함께 흑백쌍호의 꼬리를 일격에 베어냈다.

백태진과 비슷한 길이의 꼬리였지만, 백태진의 검강에 꼬리는 깔끔하게 절단되었다.

크아아아―!

꼬리가 잘리자 흑백쌍호는 괴로움에 몸부림쳤다.

“지금이야! 검을 찔러 넣어!”

백태진은 꼬리를 자르면서 유세영을 향해 소리쳤다.

이왕 이렇게 된 것, 도망보다는 싸우는 것을 선택한 것이다.

“……”

유세영은 백태진이 흑백쌍호의 꼬리를 베어내는 것을 보고서 다시 검을 힘주어 잡고서 자세를 잡았다.

유세영의 발밑으로 보이는 착륙지점은 흑백쌍호의 두 머리가 교차되는 지점의 목덜미였다.

"부모님의 원수!!"

유세영은 자신의 몸에 있는 모든 내력을 끌어올려 검에 집중시켰다.

유세영의 검기가 그녀의 분노를 표출하는 듯, 아까보다 훨씬 강하게 방출되었다.

유세영은 흑백쌍호의 목덜미로 착륙하는 동시에 검기를 두른 검을 그대로 찔러 넣었다.

유세영의 검은 괴상한 소리와 함께 흑백쌍웅의 살에 깊숙이 박혔다.

흑백쌍호는 이번엔 목덜미에서 느껴지는 고통에 더욱더 몸부림을 쳤다.

그 덕분에 유세영은 흑백쌍호의 몸에서 떨어져 버렸다.

백태진은 떨어지는 유세영을 향해 뛰어올라 그녀를 받아서 지상에 가볍게 착륙했다.

"이틈에 어서 도망치자!"

"무슨 소리야! 나는 저 녀석을 완전히 죽일 때까지 도망치지 않을 거야!"

"네 공격은 겨우 바늘로 찌른 것과 비슷해! 저 정도로는 놈을 죽일 순 없어!"

"그러니까 저 녀석을 죽일 때까지 계속해서 덤빌 거야!"

“…….”

짝—

유세영은 한순간 자신의 뺨에서 느껴지는 고통에 정신이
멍해졌다.

그리고 곧 자신의 뺨을 백태진이 때렸다는 것을 알게 되자
멍한 눈빛으로 백태진을 바라보았다.

“이제 정신이 좀 들어?”

“…분하단 말이야. 눈앞에 원수를 두고서 아무것도 못하는
내 자신이 너무 분하단 말이야!”

“그렇다면 좀 더 강해져. 좀 더 강해진 후에 부모님의 원수
를 갚으란 말이야!”

“…….”

“지금은 돌아가자. 알겠어?”

백태진의 말에 유세영은 힘없이 고개를 한 번 끄덕였다.

이걸로 일단 유세영을 설득하고 돌아갈 수 있게 되었다.

백태진은 어서 빨리 남궁설린에게 돌아가야만 한다는 생
각에 마음이 다급해졌다.

그런데 그때.

크르르르……! 크와아—!

흑백쌍호가 백태진과 유세영을 죽일 듯이 노려보았다.

흑백쌍호의 두 머리가 두 사람을 향해 동시에 입을 벌렸다.
놀랍게도 그곳에서 불꽃이 쏟아져 나왔다.

두 곳에서 뿜어지는 불꽃은 중간에 결합하여 한층 더 거대한 불길이 되어 백태진과 유세영을 뒤덮으려 맹렬하게 쏘아졌다.

"불꽃을 쏘아내다니……!"

백태진은 말도 안 되는 흑백쌍호의 공격에 한순간 넋을 잃었지만, 곧바로 그 공격을 막기 위하여 자세를 잡았다.

'비룡신쟁으로 저 불길을 뚫을 수가 있을까?'

저 거대한 불길을 양 갈래로 뚫어버리기 위해서는 비룡신쟁밖에 방법이 없을 것 같았다.

하지만 그것이 성공한다고 보장할 수는 없었다.

백태진이 이 정도의 절체절명의 위기를 겪는 것은 정말 처음이었다.

꼬옥—

그때, 유세영이 불안한 듯 백태진의 옷을 양손으로 쥐었다.

"……."

백태진은 자신의 뒤편에서 떨고 있는 유세영을 보자 두려움이 싹 사라졌다.

'내가 두려워하면 누가 이 작은 존재를 지켜준단 말인가……. 이렇게 어이없이 죽을 바에는 발버둥이라도 치고 죽겠다!'

백태진은 그렇게 생각하며 오른손에 쥔 백룡검에 자신의 내력을 모두 담았다.

백태진의 내력이 백룡검에 집중되자 백룡검은 울음이라도 우는 듯이 웅웅거리기 시작했다.

어느새 흑백쌍호의 불꽃의 열기가 느껴질 정도까지 백태진의 눈앞에 다가와 있었다.

계속해서 백룡검에 내력이 모이며 푸른빛과 함께 웅웅거리던 소리가 한순간 멈췄다.

그와 동시에 백태진은 불꽃을 향해 검을 찔러 넣었다.

"비룡신쟁!"

백태진의 검으로부터 쏟아진 섬광이 흑백쌍호의 불꽃을 두 갈래로 가르면서 쏘아져 나갔다.

그 섬광은 흑백쌍호의 불꽃을 가르고서는 흑호의 왼쪽 눈을 관통하고 지나갔다.

"크아아아앙―!"

머리에서 느껴지는 제각각인 듯, 흑호가 고통스러움에 울부짖기 시작했다.

"헉헉……."

백태진은 한순간 몸 안에 있는 모든 내력을 소모하여 며칠 간 달린 것만 같은 피로감이 닥쳐왔다.

당장에라도 쓰러지고만 싶었지만 억지로 이겨내고서 유세영을 향해 말했다.

"어서 도망가!"

백태진의 말에 유세영은 뒤로 돌아 달리기 시작했다. 백태진도 유세영의 뒤를 따라 달리려고 하였다.

하지만 몸 안의 모든 내력을 사용하여 비룡신쟁을 사용한 대가는 너무나도 컸다.

백태진은 두 다리에서 갑자기 힘이 빠져 자리에 주저앉고 말았다.

당연히 백태진이 뒤쫓아올 것이라고 생각했던 유세영은 자신의 곁에 백태진이 없다는 사실을 깨달았다.

뒤로 돌아보니, 백태진이 한쪽 무릎을 꿇고 주저앉은 것을 발견했다.

유세영은 바로 백태진에게 달려가 그를 부축하려고 하였다.

그런데 그때, 유세영의 눈앞에 거친 폭풍이 일어나며 거센 모래바람이 불어닥쳤다.

유세영은 거친 바람에 소매로 얼굴을 가렸다.

그리고 바람이 멎자 팔을 내리고 백태진이 아까까지 있던 곳을 보았다.

하지만 그곳에 백태진은 없었다.

우지지지직―!

한쪽 편에서 계속해서 나무가 차례대로 쓰러지고 있었다.

그 나무들을 쓰러뜨리는 장본인은 백태진. 정확히 말하면 흑백쌍호의 앞발에 날아간 백태진이었다.

아까 전의 모래폭풍은 흑백쌍호의 앞발에 의해 만들어진

것이고, 그 공격의 희생자는 백태진이었던 것이다.

백태진은 나무 열 그루를 부러뜨리고 지나가서야 멈춰질 수 있었다.

"으……."

백태진은 온몸에 피를 흘리며 죽은 듯이 바닥에 쓰러져 있었다.

끝까지 검을 놓지는 않았지만, 다시는 일어날 수 없을 것만 같았다.

"이럴 수가……."

유세영은 아까까지만 해도 멀쩡했던 백태진이 반죽음이 되어 쓰러진 것을 보고서 공포, 비애, 죄책감 등의 감정들이 뒤섞여 혼란스러웠다.

하지만 흑백쌍호는 자신을 공격한 자들을 아무도 살려두지 않으려는 듯, 다음 공격 목표를 유세영으로 향했다.

"크르르……!"

흑백쌍호는 유세영에게 성큼성큼 다가오기 시작했다.

유세영은 충격 때문에 더 이상 움직일 수도 없었다.

그 사이 흑백쌍호는 유세영에게 다가와 그 거대한 앞발을 유세영을 향해 들었다.

유세영은 흑백쌍호의 그림자에 완전히 가려져 순식간에 어둠에 덮이고 말았다.

"아버지, 어머니……. 죄송해요… 저는 아무래도 원수를

다 갚지 못할 것 같아요……."

유세영은 죽음을 체념한 듯 두 눈을 감았다.

흑백쌍호는 앞발은 거침없이 유세영을 향해 내려쳐졌다.

그런데 그때,

쿵! 콰앙—!

높이 든 흑백쌍호의 앞발을 푸른빛의 덩어리들이 강타했다.

크아아악!

흑백쌍호가 갑작스런 충격에 얻어맞고 옆으로 넘어졌다.

죽음을 체념했었던 유세영은 자신이 살아 있다는 사실에 놀라 쓰러진 흑백쌍호를 보았다.

"세영아."

누군가가 유세영을 다정하게 부르는 소리가 들렸다.

유세영은 목소리가 들린 곳을 보고서는 눈물이 왈칵 쏟아졌다.

"사부님……!"

언제나 자신을 돌봐주고 부모님을 대신하여 사랑해 주는 단 한 명의 인물. 유세홍이 그곳에 서 있었기 때문이다.

第九章
진실

　유세영은 곧바로 유세홍에게 달려가 그녀의 품에 안겼다.

　처음으로 경험한 죽음이라는 공포는 열아홉 살의 소녀에겐 감당하기 힘든 것이었다.

　마치 어린아이가 어머니의 품에 안겨서 우는 듯, 유세영은 유세홍의 품에 안겨서 한없이 울었다.

　"죄송해요, 제가 멋대로 나가 버리고……."

　"괜찮다. 네가 무사하다면……."

　유세영은 유세홍에게서 떨어져 흐르는 눈물을 닦았다. 그리고 곧 백태진의 존재를 생각해 냈다.

　"사부님! 태진이가, 태진이가……!"

"무슨 일이 있느냐?"

"저를 구하려다가 그만……."

유세영은 또다시 울 것만 같았다.

유세홍은 유세영에게 괜찮다는 듯이 머리를 쓰다듬으며 말했다.

"울지 말거라, 자, 그 아이는 어디에 있지?"

유세영은 유세홍을 백태진이 있는 곳으로 안내했다.

가까이에서 본 백태진의 상태는 더 처참했다.

겉으로 보기에는 백태진이 살아 있는지도 장담할 수 없을 것 같았다.

다만 미세하게 느껴지는 호흡이 그가 살아 있다는 것을 알려주고 있었다.

"일어나 봐! 죽으면 안 돼!"

유세영은 결국 주저앉아서 울먹이며 백태진에게 소리쳤다.

하지만 백태진에게서 돌아오는 대답은 없었다.

"……."

백태진의 상태를 살펴보던 유세홍은 유세영을 뒤로 물리고 백태진의 곁에 앉았다.

그리고 백태진의 몸을 향해 두 손을 뻗었다.

'숨결이 미약하다. 이대로 가다가는 죽겠어. 안 되겠어. 그 수법을 쓰는 수밖에…….'

유세홍은 깊게 숨을 들이 내쉬며 눈을 감았다.

그리고 번뜩 눈을 뜸과 동시에 유세홍의 손이 초록빛으로 빛나기 시작했다.

유세영은 유세홍이 백태진을 치료하고 있다는 것을 깨닫고서 방해하지 않도록 억지로 울음을 참았다.

그리고 잠시 후, 백태진의 혈색이 조금씩 좋아지자 유세영의 얼굴도 조금씩 밝아지기 시작했다.

"……."

하지만 백태진을 치료하는 유세홍의 안색은 점점 더 나빠지고 있었다.

"유세홍… 님……."

약 반각 후에 백태진은 눈을 뜨면서 힘없이 유세홍을 불렀다.

"괜찮은 거야?"

백태진이 눈을 뜨자 유세영이 백태진에게 다가가 말했다.

아직 온몸이 아프기는 했지만, 아까 전의 상태와 비교한다면 극적으로 살아났다고 볼 수 있는 상황이었다.

"유세홍님께서 제게 치료를……?"

"아직 임시방편에 불과하다. 나중에 제대로 된 치료를 해야만 한다. 쿨럭……!"

갑자기 유세홍이 피를 한 움큼 바닥에 토했다.

유세영은 깜짝 놀라서 유세홍을 부축하며 소리쳤다.

"사부님!"

"괜찮다. 역혼소생술(易魂蘇生術)의 후유증 때문이다. 조금만 쉬면 괜찮아질 거야……."

"역혼소생술이라니! 사부님! 그건 자신의 생명력을 소비하여 상대방을 치료하는 소생술이잖아요!"

유세홍의 말에 유세영은 깜짝 놀란 듯이 소리쳤다.

백태진은 유세홍이 자신의 생명을 깎아내리고서 자신을 치료했다는 것을 알아차리자, 어쩔 줄 모르는 얼굴로 유세홍을 쳐다보았다.

"그런 얼굴로 보지 말거라. 너를 구하고 싶은 것은 나의 의지니까. 내 생명을 깎더라도 말이야……."

"어째서 그렇게까지……."

"…나는 네 할아버지, 태상 오라버니에게 큰 죄를 범했다."

"큰 죄라니요……?"

유세홍은 말하기를 두려워하는 듯, 망설이다가 다짐한 듯 백태진에게 입을 열었다.

"나와 태상 오라버니, 그리고 태 오라버니는 서로 뜻이 맞아 정마대전에서 함께 싸웠다. 우리는 정검삼협이라는 별호까지 얻을 정도로 언제나 함께였다. 그렇게 전쟁이 끝나고…나는 전쟁 중에는 느끼지 못했던 감정을 태상 오라버니에게 느끼고 있었다. 그래, 연모의 감정이지. 그건 나도 어쩔 수가 없었어. 나는 무인이기 전에 한 명의 여인이었다. 태상 오라버니를 향한 나의 마음은 더욱더 커져만 갔지."

“…….”

하지만 백태진이 알기로는 자신의 할머니는 유세홍이 아니었다. 그 말은 결국 유세홍은 자신의 사랑을 이루지 못했다는 것이 된다.

“하지만 결국 태상 오라버니는 다른 여인과 혼인해 버렸어. 결국 태상 오라버니를 향한 나의 감정은 애증이 되어버렸지. 그리고 결국 사건은 일어나고 말았어. 내가 태상 오라버니의 부인에게 독을 먹인 거야…….”

유세홍은 그날의 자신이 후회스러운지, 양손으로 자신의 얼굴을 가리면서 흐느꼈다.

“곧바로 제정신을 차린 나는 그 독을 해독해 줬어. 하지만 그녀는 다신 아기를 가질 수 없는 몸이 되어버렸지.”

백태진은 그 당시가 자신의 아버지인 백필성이 태어나고 얼마 안 되어 일어난 일이라고 짐작했다.

“태상 오라버니는 나를 용서했어. 심지어 태상 오라버니의 부인마저도……. 하지만 나는 내 자신을 용서할 수 없었어. 그래서 나는 만고산에 틀어박히게 된 거야.”

백태진은 유세홍이 만고산에 틀어박히게 된 사정을 이런 식으로 들을 줄은 몰랐다.

하지만 역시나 백태진의 예상대로 유세홍이 만고산에 틀어박히게 된 이유는 좋지 않았다.

“그래서 하다못해… 내 생명을 바쳐서라도 태상 오라버니

의 혈육인 너를 살리는 것이 태상 오라버니와 그 부인께 할
수 있는 나의 유일한 속죄라고 여겼다. 난 아직도 두려워, 태
상 오라버니가 매일 밤 꿈에 나타나 나를 원망하는 모습
이……."

"제 할아버지는 솔직한 분이십니다. 할아버지께서 용서했
다고 말했다면 그것은 정말로 유세홍님을 용서하신 겁니다.
그러니까 이젠 두려워하지 마세요. 분명 제 할머님도… 당신
을 용서하셨을 겁니다."

"정말로… 그럴까……."

"네."

백태진이 말하자 유세홍은 하염없이 눈물을 흘리기 시작
했다.

그렇게 한참이나 울던 유세홍은 유세영을 보면서 말했다.

"세영아, 나는 네게도 속죄를 해야 할 것이 있단다."

"그게 무슨 말씀이세요, 사부님."

"사실은 내가……."

그때였다.

죽은 줄로만 알았던 흑백쌍호가 그 거대한 몸을 꿈틀거리
기 시작하더니 굉음과 함께 자리에서 일어섰다.

그리고 분노로 가득한 목소리로 울부짖기 시작했다.

"크, 저 녀석이 아직도 죽지 않았었나?"

백태진은 검을 쥐고서 힘겹게 일어나 흑백쌍호를 향해 가

려고 하였다.

하지만 유세홍이 백태진을 잡아 세웠다.

"내가 가마."

"하지만 유세홍님! 당신은 방금 전에 역혼소생술을 사용하셨습니다. 그 몸 상태로는…….".

"내 몸 상태는 내가 잘 안다……. 이제 나는 얼마 버틸 수 없어. 그렇다면 남은 이 목숨을 다음 세대를 위하여 사용하겠다."

백태진은 그런 유세홍을 향해 아무 말도 할 수 없었다. 유세홍의 결의가 백태진에게까지 느껴질 정도로 강인했기 때문이다.

"사부님! 그게 무슨 말이세요! 사부님은 저와 더욱더 오래 사셔야만 해요! 죽으시면 안 된다고요!"

"…나는 너를 정말로 내 딸로 생각하고 있단다."

유세홍은 그렇게 말하고서 유세영을 향해 옅은 미소를 지었다.

그리고는 울부짖는 흑백쌍호를 향해 달려나갔다.

"사부님!"

유세홍을 따라서 뒤따라가려는 유세영의 팔을 백태진이 잡아 세웠다.

"이거 놔! 저러다가 사부님이 죽겠어!"

"지금 네가 쫓아간다면… 그건 저분의 결의를 깨뜨리는 행위다. 네가 진정 저분의 제자라면, 지금은 이곳에 가만히 있는 것이 저분을 위한 것이다.”

“그럴 수가……. 사부님…….”

유세홍은 결국 주저앉아 버렸다.

‘…나도 언젠가는 할아버지를 저런 식으로 보내 드려야 할 때가 올까.’

그때가 온다면 백태상을 보낼 수 있을까.

백태진은 유세홍의 모습과 백태상의 모습이 왠지 모르게 겹쳐 보이는 것만 같았다.

크와아앙—!

흑백쌍호의 몰골은 처참했다.

흑호의 한쪽 눈은 피가 철철 흘러내리고 있었고 꼬리는 잘려 어중간한 길이였다. 그리고 앞발에도 구멍이 몇 개 뚫린 채로 피가 흘러내리고 있었다.

흑백쌍호는 자신에게 달려드는 유세홍을 발견하고서 불꽃을 내뿜었다.

유세홍은 흑백쌍호를 향해 검을 겨누었다. 곧 유세홍의 검 끝에 푸른빛이 모이기 시작했다.

푸른빛의 덩어리가 형성되어 쏘아졌다.

유세홍은 검환을 자유자재로 사용하고 있었다.

그것만으로도 유세홍이 얼마나 대단한 고수임을 가르쳐 주는 듯했다.

유세홍이 날린 검환은 흑백쌍호의 불꽃을 꿰뚫고 지나갔

다. 그리고 정확히 흑백쌍호의 입에 적중하여 폭발했다.

불꽃을 뿜어내던 흑백쌍호의 입에서 연기가 뿜어져 나오기 시작했다.

유세홍은 곧바로 흑백쌍호의 머리 위로 뛰어올랐다. 그리고 검강을 사용하여 정확히 두 번의 연격으로 검을 휘둘렀다.

유세홍이 바닥에 착지하자 이어서 흑백쌍호의 두 머리가 동시에 잘려 묵직한 소리와 함께 바닥에 떨어졌다.

“쿨럭……!”

유세홍은 역혼소생술에 이어서 검환과 검강까지 사용하니 내력이 바닥날 때로 바닥난 상태였다.

결국 검붉은 피를 토한 유세홍은 겨우 검으로 자신의 몸을 지탱하며 버티고 서 있었다.

“사부님!”

유세영은 곧바로 쓰러질 것만 같은 유세홍을 부축하여 섰다.

이미 유세홍은 정신을 잃고 있었다.

“사부님! 죽으시면 안 돼요! 사부님!”

유세영이 아무리 불러도 유세홍은 대답하지 않았다.

“어서 유세홍님을 거처로 모시고 가야 한다! 그리고 설린 소저에게도 어서 만독초를…….”

“그래, 언니에게도 만독초를 줘야…….”

지금까지 여러 일들이 있었던 탓에 남궁설린의 존재를 잊고 있었던 유세영은, 남궁설린이 생각나자 그녀도 걱정되기 시작했다.

자신의 사부도 위급하기는 마찬가지지만, 남궁설린에게 주어진 시간도 얼마 남지 않았다.

"어서 이동하자!"

백태진도 유세영과 반대쪽 편에서 유세홍을 부축했다.

'제발 늦지 말기를……!'

백태진은 거처로 향하면서 유세홍과 남궁설린, 두 사람이 모두 무사하기만을 속으로 간절히 빌었다.

*   *   *

"쿨럭, 쿨럭……."

백태진은 계속해서 기침과 함께 피를 토하는 유세홍을 거처에 눕혔다. 그리고 품에 챙겨두었던 만독초를 꺼내었다.

"어서 만독초를 갈아서 언니에게 먹여!"

유세영의 말대로 백태진은 만독초를 잘게 갈았다. 그리고 그걸 물에다가 적당한 비율로 혼합하여 잔에 담아 남궁설린에게 다가갔다.

이미 남궁설린의 얼굴은 보랏빛으로 변하고 있었다.

"설린 소저! 정신 차려요, 설린 소저!"

"가가……."

지금까지 아무런 소리에도 반응하지 않았던 남궁설린은

백태진의 부름에 힘없이 눈을 떴다.

"약입니다. 어서 이걸 먹고 건강한 모습으로 돌아오세요!"

"……."

백태진은 조심스럽게 남궁설린의 입으로 컵을 가져다대었다. 남궁설린은 백태진이 주는 것을 조금씩 마시기 시작했다.

중간에 구토 증상을 보이기도 하였지만, 백태진은 억지로라도 남궁설린에게 만독초를 모두 먹였다.

백태진은 만독초를 모두 먹이고 난 후에 초조하게 남궁설린을 지켜보았다.

"피부색이 돌아오고 있다……!"

백태진은 남궁설린의 피부가 다시 살색을 되찾는 모습을 보고서 겨우 안심할 수 있었다.

이것으로 남궁설린은 고비를 넘겼다.

하지만 곧바로 중상을 입은 다른 사람이 있다는 사실을 깨달았다.

"사부님……! 눈 좀 떠보세요, 사부님……!"

유세영은 유세홍의 곁에서 그녀의 손을 잡고 울먹거리며 말했다.

하지만 유세홍은 기침만 간간히 할 뿐, 깨어날 기미가 보이지 않았다.

"유새홍님……."

백태진도 곧바로 유세홍의 곁으로 다가가 그녀의 상태를

살폈다.

　유세홍의 맥박은 점점 느려지고 있었고 처음에 봤을 때 그녀에게 느꼈었던 중후한 내공의 기운이 지금은 사라지고 없었다.

　‘아무래도 살아남기는 힘들 것 같다…….’

　백태진은 자신을 위해 이런 상태가 된 유세홍에게 아무것도 해줄 수 없다는 생각에 분노가 치밀어 올랐다.

　“젠장……!”

　바닥을 주먹으로 내려치며 백태진이 분함을 표출하려고 하였지만, 그렇다고 유세홍이 괜찮아지는 것은 아니었다.

　그런데 그때, 유세홍이 천천히 눈을 뜨며 귀를 기울여야만 들릴 정도로 작은 목소리로 말하기 시작했다.

　“세영아….”

　“사부님……! 저 여기에 있어요.”

　“내가 너에게 꼭 해야 할 말이 있단다…….”

　“더 이상 말하시면 위험해요. 제가 약초를 구해올 테니까 조금만 참고 기다리세요.”

　유세영의 말에 유세홍은 고개를 저었다.

　“내 몸은 내가 잘 안다. 난 이제 살 수 있는 상태가 아니야……. 마지막으로 너에게… 쿨럭……!”

　유세홍은 또다시 피를 토했다. 하지만 그녀는 정신력으로 버티며 유세영에게 말을 이었다.

"나는 너에게 속죄해야 할 것이 있다, 세영아……."

"사부님……."

"네 부모님을 죽인 것은… 나다……."

"거, 거짓말 하지 마세요."

유세영은 유세홍의 말을 믿을 수 없다는 듯이 고개를 저었다.

하지만 유세영의 두 눈동자는 심하게 흔들리고 있었다.

"하지만 부모님을 죽인 것은 흑백쌍호라고 사부님이……."

"그건 내가 지어낸 얘기에 불과해……. 나는 십 년 전, 만고산에서 어떤 한 부부를 만났다. 그 부부는 어린 아이를 데리고 있었지. 나는 그 부부를 보자마자 지금까지 잊고 있었던 증오심이 피어올랐다. 나는 이렇게 괴롭게 살고 있는데 어째서 저 사람들은 자신의 짝을 찾아서 부부로서 살아가고 있는 것일까……. 결국 나의 빗나간 증오심은 그 부부를 향했다."

"그럴 수가……."

"하지만 부부가 데리고 있던 아이를 보는 순간, 나는 또다시 후회했다. 내가 도대체 무슨 짓을 한 것이지? 내가 이 어린 생명의 미래를 빼앗은 것이 아닌가. 결국 나는 그 아이를 거두고 친딸처럼 지금까지 데리고 살아왔다……."

"으아아아—!"

유세홍의 얘기를 들은 유세영은 머리를 부여잡으며 고통스러운 듯이 소리를 질렀다.

백태진은 유세영에게 다가가 그녀의 몸을 붙잡으며 진정시켰다.

그녀는 쉽사리 진정할 수 없었다. 결국 백태진은 유세영의 뒷목을 가격하여 그녀를 기절시켰다.

백태진은 조심스럽게 유세영을 유세홍의 옆에나 뉘었다.

"충격이었겠지. 지금까지 잊고 지냈던 기억을 내가 다시 끄집어낸 것이니까……."

"아닙니다. 평생 비밀로 하시는 것보다, 차라리 진실을 말해주는 것이 나을지도 모르죠. 언젠간 세영이도 기억해 낼 테니까요. 그때가 된다면 유세홍님을 원망해야 할지, 용서해야 할지 방황하다가 삶을 마감했을 겁니다. 차라리 지금 유세홍님의 입에서 직접 듣는 편이 그녀에게 있어선 중오심을 지울 수 있는 완전한 기회가 될 수 있겠죠……."

"…네게 부탁이 있다."

"무엇입니까."

"내가 죽는다면 세영이를 부탁하마……. 아직 혼자서는 살아갈 수 없는 아이다. 내가 죽으면 이 험난한 세상을 혼자서 어떻게 버틸지……. 그러면 죽어서도 편히 죽을 수가 없겠구나."

유세홍의 말에 백태진은 망설임없이 즉답했다.

"저도 세영이를 데리고 갈 생각이었습니다. 걱정 마십시오. 제가 세영이의 오빠가 되어 돌봐줄 테니까요……. 그게 제가 유세홍님에게 해드릴 수 있는 유일한 것입니다."

"고맙구나……."

그때였다. 기절했던 유세영이 스르르 눈을 떴다.

눈을 뜬 유세영은 유세홍이 했었던 말이 떠오른 듯, 눈에서 눈물을 흘리며 유세홍을 바라보았다.

"미안하구나……."

"…사부님. 저는 제 스스로 그 기억을 봉하고 있었어요. 생각하면 괴로울 것 같아서……. 역시 괴롭네요. 제가 그토록 원망했던 사람이 사부님이었다니……."

잠시 기절한 동안, 그녀는 충격으로 잊고 있던 기억을 떠올렸다. 십 년 전, 그녀의 부모가 죽었던 그때, 그녀는 어리지 않았다. 분명 그날의 일을 기억하고 있었지만, 그날의 충격이 스스로 기억을 봉인하게 만든 것이다.

그 기억이 이제야 풀려나 머리를 헤집었다.

"미안하다, 네게 괴로운 기억을 심어줘서……."

"……."

유세영은 눈물을 흘리는 유세홍의 손을 잡으며 말했다.

"사부님, 제가 지내왔던 십 년 동안 사부님에게서 받아왔던 사랑은 결코 거짓이 아니었어요. 저도… 사부님을 엄마라고 생각하며 지냈어요……."

"……."

"사부님은 제게서 부모님을 빼앗아가셨지만, 사부님은 제게 새로운 가족이 되어주셨어요……. 사부님, 아니, 어머니……. 지금까지 괴로운 기억을 품고 계셨던 분은 어머니셨습니다……. 죄송해요. 제가 어머니의 고통을 깨닫지 못하고 있어서…….”

유세영은 그렇게 말하면서 유세홍을 안았다.

유세영이 자신을 끌어안자, 유세홍은 눈에서 눈물이 더욱더 쏟아지는 것만 같았다.

슬퍼서 흘리는 눈물이 아니었다. 유세영이 자신을 어머니라고 불러준다는 것이 기뻤기 때문이다.

“저는… 모든 것을 용서할게요. 어머니, 지금까지 키워주셔서 정말…… 감사합니다.”

유세영이 미소를 지으며 말했다.

“그래, 내 딸아…….”

유세홍은 미소를 지으며 편안히 눈을 감았다. 세상에서 가장 평온한 얼굴로.

“흐흐흑…….”

유세홍이 생을 마감하자, 유세영은 굵은 눈물을 뚝뚝 흘러내리며 울었다.

“흐흑, 이걸로…,이걸로 잘 된 거겠지?”

“그래, 이걸로 잘 된 거야…….”

“나, 너무 힘들었어. 사부님을 용서한다는 것이……. 하지만 사부님은 내게 있어선 어머니와 같은 존재인걸……. 난 어머니가 괴로워하면서 이 세상을 뜨게 하고 싶지는 않았어…….”

"……."

백태진은 유세영에게 다가가 그녀를 가볍게 안아주었다.

"네 뜻은 분명히 유세홍님에게 잘 전해졌을 거야. 그러니까, 내 품에서 네 괴로운 심정을 전부 털어버려."

"크으, 으아아앙—!"

백태진의 말에 유세영은 아이가 울듯이 울음을 터뜨리기 시작했다.

백태진은 자신의 옷이 유세영의 눈물에 흠뻑 젖을 때까지 그녀를 안으며 기다려 주었다.

'네 고통, 이젠 나도 함께 나눠받을게.'

백태진은 새로운 가족을 언제까지나 지켜줄 것이라고 다짐했다.

*　　　*　　　*

낡은 오두막집 앞. 그곳에 작은 무덤이 하나 생겨났다. 그 무덤 앞의 비석에는 유세홍이라고 적혀 있었다.

유세영은 유세홍의 무덤을 애틋한 눈빛으로 바라보며, 마치 유세홍과 대화하듯이 혼잣말로 말했다.

"사부님, 사부님과 함께 살아서 이곳도 정들었는데 이렇게 떠나게 되네요. 그렇다고 너무 걱정하지 마세요. 제게도 사부님처럼 든든한 아군이 생겼으니까요. 언제나 제게 잔소리만

하시고, 칭찬 한 번 잘 해주시지 않으셨지만… 이젠 그 잔소리도 듣지 못하겠네요."

유세영은 쓸쓸한 기분이 드는 듯, 아무 말 없이 유세홍의 무덤을 바라보았다.

그때였다.

저 멀리서 백태진이 유세영을 부르는 목소리가 들렸다.

"세영아! 빨리 안 오면 두고 간다!"

"아! 조금만 기다려!"

유세영은 백태진에게 힘차게 대답하고서 다시 유세홍의 무덤을 보면서 말했다.

"그럼 사부님. 다녀오겠습니다."

유세영은 그 말을 끝으로 무덤에서 몸을 홱 돌려 백태진과 남궁설린이 있는 곳으로 달려갔다.

"지금 갈 길이 먼데 뭘 그렇게 꾸물꾸물거려."

유세영이 오자 남궁설린이 잔소리하듯이 유세영에게 말했다.

"흥, 꾸물꾸물 안 거렸다, 뭐. 그치, 오빠?"

유세영은 애교 섞인 목소리로 말하면서 백태진의 팔에 팔짱을 꼈다.

"그, 그런가?"

"그렇지? 오빠도 맞다 하잖아. 언니는 너무 신경질적이야."

"뭐야……!"

남궁설린은 유세영의 볼을 꼬집으며 장난스럽게 화를 냈
다.

"아, 아파! 오빠, 언니가 또 나 괴롭혀."

"가가! 세영이에게 너무 오냐오냐 해주지 마세요! 그러다
가 버릇 돼서 나중에는 더 어리광부린다니까요?"

"그, 그게……."

백태진은 두 사람 사이에서 어찌할 줄을 몰라 하며 난처한
얼굴을 하고 있었다.

"흥, 오빠는 언니보다 내 편이야!"

"누가 할 소리! 가가는 당연히 내 편이지!"

"누가 늙은 여자를 좋아하겠어?"

"으……! 너보다 겨우 한 살 더 많아! 그게 왜 늙은 거야!"

"그럼 오빠에게 물어볼까? 누구 편인지를."

"좋아."

갑자기 두 사람은 백태진을 향해 돌아서며 동시에 말했다.

"오빠, 누구 편이야?"

"가가, 당연히 제 편이지요?"

"그, 그게… 둘 다?"

백태진이 애매하게 대답하자 남궁설린과 유세영은 동시에
맥 빠진 표정이 되었다.

"에이, 그게 뭐야, 오빠. 남자라면 확실하게 말해야지."

"난 가족 모두를 소중히 여기니까. 세영이도 설린 소저

도… 내게 있어서는 모두 소중한 사람이야.”

백태진의 말에 남궁설린과 유세영의 얼굴이 살짝 붉어졌다.

‘그래, 오빠도 언니도… 모두 나에게 소중한 사람이야.’

유세영은 갑자기 양팔을 커다랗게 벌리더니 백태진과 남궁설린을 끌어안았다.

“오빠, 언니, 정말… 좋아해요.”

유세영의 갑작스런 말에 처음에는 당황했던 두 사람이지만, 곧 입가에 미소를 지으며 말했다.

“나도 좋아해.”

“응, 나도…….”

백태진은 그렇게 만고산에서 새로운 인연을 얻을 수가 있었다.

그 인연은 가족의 관계처럼 단단하고 절대로 끊어지지 않을 인연이었다.

『절대귀환』 3권에 계속…

ALCHEMIST
알케미스트

FUSION FANTASTIC STORY 시이람 장편 소설

2013년, 또 하나의 현대물이 깨어난다.
현대에서 펼쳐지는 연금마법진의 진수!

인간 최초의 9서클을 이룩한 마법사 아스란.
죽음의 위기에서 그가 남긴 유지가
차원을 넘어 지구에 떨어진다.

일리미트 비블리어시카(Illimite bibliotheca)!

그 무한한 힘과 지식을 얻게 된 김창준.
3년 전으로 돌아간 날을 기점으로,
삶이, 인생이, 그의 희망이 바뀐다!

**현대에 강림한 진정한 마법사의 전설!
끝도 없이 세상을 향해 날개를 펼치다!**

무정철협

월인 新무협 판타지 소설

FANTASTIC ORIENTAL HEROES

「두령」, 「사마쌍협」, 「장흥관일」의 작가 월인
2013년 벽두를 여는 신무협이 온다!

삭초제근(削草制根)!
일단 손을 쓰면 뿌리까지 뽑아버렸다.

무정(無情)!
검을 들면 더 이상 정을 논하지 않았다.

그래서 나는 무정철협이 되었다.

진정한 협(俠)을 아는가!
여기 철혈의 사내 이한성이 있다!

「무정철협」

THE TOWER OF BABEL

바벨의 탑

FANTASY FRONTIER SPIRIT

푸른 하늘 장편 소설

「현중 귀환록」 작가의 놀라운 귀환!
새시대를 열 강렬한 현대물이 등장하다!

극서의 사막을 헤메다 만난 버려진 기지.
그를 기다리던 것은… 차원을 넘는 게이트!

「바벨의 탑」

하늘에 닿기 위해 건설되었다가 신의 노여움을 사 무너진 바벨의 탑.
그 정체는 차원을 넘나드는 게이트였으니.

바벨의 탑의 유일한 주인이 된 진운!
그의 앞에 열리는 새로운 세상, 삶, 운명!

억압하는 모든 것을 부수고 나아가는
한 남자의 장렬한 이야기가 시작된다!

무정철협

무정철협 武情鐵俠

월인 新무협 판타지 소설

FANTASTIC ORIENTAL HEROES

「두령」, 「사마쌍협」, 「장홍관일」의 작가 월인
2013년 벽두를 여는 신무협이 온다!

삭초제근(削草制根)!
일단 손을 쓰면 뿌리까지 뽑아버렸다.

무정(無情)!
검을 들면 더 이상 정을 논하지 않았다.

그래서 나는 무정철협이 되었다.

진정한 협(俠)을 아는가!
여기 철혈의 사내 이한성이 있다!

「무정철협」

Book Publishing CHUNGEORAM